태고의 지구, 인류가 탄생하기도 한참 전에——
오래전, 지구와 우주를 지배했던 사악한 존재들이 있었다.

그것들은 〈그레이트 올드 원〉이라 불리는 사신(邪神).

무한한 마력을 지니고, 무시무시한 광기로
가득 찬 모습을 가진 사신들.

우주는 물론이고 지구의 비경, 폐허, 심해, 지하 세계에
선한 존재인 〈엘더 갓〉이 그들을 봉인했다.

크툴루 님이 엄청 대충 가르쳐주시는
크툴루 신화 용어사전

목차

잘못된 판단, 호기심에 의한 탐구만 하지 않는다면
우주에 숨어 있는 진실을 알게 되는 일 없이
평온한 일상을 영위할 수 있을 것이다.

——하지만, 그들은 꿈을 꾸면서
또는 그 형언할 수 없는 촉수를 꿈틀거리면서
또다시 별들이 모여서 부활할 그때를 기다리고 있다.

또다시, 지배자가 되기 위하여.

그리고, 우리의 크툴루 님 또한…
심해도시 르뤼에에서 깊이 잠들어 계시면서

다시 지구의 지배권을 장악하기 위해

빌
떡

부활할 그때를 기다…

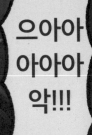

으아아
아아아
악!!!

7

왠지 재미있어 보이네~ 그럼 말이야, 내가 그 질문에 대답해줄까? 심심하거든.

어, 정말요? 감사합니다!!

심심...

크툴루 님이 엄청 대충 가르쳐주시는 크툴루 신화 용어사전

위대하신 크툴루 님이 인간의 질문에 대답해서 크툴루 신화에 대해 가르쳐줄게. 대충이지만.

(좀 짜증나지만) 잘 부탁드릴게요!

크툴루 신화란

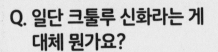

Q. 일단 크툴루 신화라는 게 대체 뭔가요?

미국의 위대한 호러 작가
하워드 필립스 러브크래프트 선생님과
그 동료 작가들 사이에서 일종의 놀이처럼 만들어낸
1920년대 경에 태어난 가공의 신화 체계야.

「이 캐릭터 좋네~
이 아이템 써보고 싶다~」라는 느낌으로,
작가들 사이에서 소설 설정을 서로 주고받는 사이에
어느샌가 만들어졌어.

뭐? 처음부터 너무 간략하다고?
러브크래프트가 누구냐고?

그럼 자세한 얘기는 다음 페이지에서.

머리에서
콩나물이이이이

크툴루 님의
답변만 보면 너무
대충이니까, 몰래 설명
칸을 만들었습니다.

앞으로는 TRPG
디자이너이자 작가인
토키타 유스케 선생님이
더 자세히 설명해주실
겁니다!

데———엥

첫 번째 컷부터 클라이맥스?

어느 날, 하워드 군의 마음은 완전히 죽을 지경이었습니다.

구깃

뿌드드드드드드

크툴루 님, 너무 멋대로 기분을 대변하시는 건 아닌가요?

왜냐하면 잡지에 투고한 원고를 퇴짜 맞았기 때문입니다… 「그 대머리 편집장 놈…」 하워드 군은 그렇게 생각했습니다.

다 싫다… 쓰기 싫어…

…

서신 교류를 통해서 동료들과의 유대를 키워가기도 하고, 일에 관한 조언을 하거나, 「자신작이 퇴짜 맞은 탓에, 더 이상 작가로 살아갈 자신이 없습니다」라고 투덜거리는 소리를 하기도 했습니다.

그의 취미 중에 하나는 팬이나 동료 작가들과 편지를 주고받는 것이었습니다.

그리고 하워드 군과 인연이 있는 작가들은, 자기 작품 속에서 창작한 신성(神性)이나 아이템, 작품 등의 다양한 설정들을 공유하기 시작했습니다.

나도 할래!

나도 할래!

마음껏 써~!

작품들 사이의 관계를 알아차린 작가들은 그것을 재미있어했고, 설정을 추가해서 자기 작품에서도 그것을 다뤄보고 싶다고 생각했습니다.

크툴루 신화는 작가들 사이의 즐거운 놀이로서 시작된 것입니다.

아야야야야

어거스트 덜레스

F.B.롱

C.A.스미스

로버트 블록

로버트 E. 하워드

사신들의 족보를 고안하는 모습

빽빽

아직 「크툴루 신화」라는 체계를 만들어가고 있다는 의식 자체는 없었지만, 하워드 군은 공유하는 세계관이 확장되는 것을 게임이라도 하는 것처럼 즐기고 있었습니다.

하지만

하워드 군이 죽으면서, 다 같이 즐기던 교류가 끝나고 말았습니다.

하워드 필립스 러브크래프트 1937년 3월 46세의 젊은 나이에 사망.

죽은 친구를 위해서 시를 쓰자…

그 재미있던 교류가 끝나고 말았네….

하워드 군을 스승처럼 여기던 덜레스는, 편지를 통해서 그가 죽었다는 사실을 알았다.

그 친구의 훌륭한 작품을 세상에 더 알려야 한다!

벌떡

슬퍼하고 있을 때가 아니다!

핵

또한 덜레스는 하워드 군의 작품들을 쉽게 이해하고 더욱 퍼져나갈 수 있도록, 하나의 체계로서 취급했습니다.

하워드 군이 죽은 뒤에, 덜레스는 그의 작품을 세계에 알리기 위해 열심히 뛰어다녔고, 「아캄 하우스」라는 출판사를 세웠습니다.

일본에서는 에도가와 란포의 칼럼을 통해서 하워드 군의 작품이 소개됐고

하워드 군은 해외의 호러 작가로서, 일본에서도 서서히 알려지게 됐습니다.

…문어?

아니거든

이렇게 하워드 군의 작품들은 점점 인지도가 높아져 갔고, 동료 작가들과 함께 만들어낸 세계에는 「크툴루 신화」라는 이름이 붙었습니다.

하워드 군과 친구들이 즐기던 게임 감각의 창작 활동이, 지금도 계속 이어지고 있는 것이죠.

지금에 와서 크툴루 신화의 요소는 소설, 게임, 애니메이션 등등 다양한 매체를 통해 접할 수 있고, 계속 퍼져나가고 있습니다.

「크툴루 신화의 성립 과정」 끝

크툴루 신화 용어

Q. 옛 지배자라는 게 뭔가요?

지구나 우주의 일부를 지배했던 사신들을 가리키는 말이야.

수십억 년 전, 인류가 나타나기 전에는 사신이 지구를 지배했지만, 지금은 인류가 지배하고 있으니까….

아무튼 지금의 지배자는 아니야(웃음)라는 의미로 '옛' 지배자라고 하는 건데

까불지 마, 인류.

하지만 그레이트 올드 원이라는 이름은 멋져서 좋아.

크툴루, 하스터 등 크툴루 신화에 등장하는 사신들. 특히 인류 이전부터 지구에 존재한 사신 또는 「올드 원」 같은 고대 종족을 가리키는 말. 고대 지구의 지배자라는 의미에서 「옛 지배자」라고 부르지만, 원문에서는 Great Old Ones라고 적혀 있고, 지칭하는 대상은 작품에 따라 다르다.

최근에는 「그레이트 올드 원」이라고 표기되는 경우가 많다. 「크툴루의 부름」에서는 크툴루가 옛 지배자의 대사제라고 하는데, 의미를 따져보면 옛 지배자보다 낮은 계층의 존재로도 받아들일 수 있는 표현이다. 「위대한 옛 것들」이라고 표기하는 경우도 있다. 작품에 따라서는 엘더 갓을 가리키는 경우도 있지만, 보통은 크툴루 등의 사신을 뜻한다.

Q. 아우터 갓은 뭔가요?

말도 안 되게 강한 상급 사신들이야.
지구 말고 다른 곳에 봉인된 사신들을 뜻하지.

게다가 무시무시한 존재이자 아우터 갓의 왕이라고도 불리는 마왕 아자토스도 거기에 해당 돼.
아우터 갓들도 엘더 갓이 어딘가에 봉인해버린 경우가 많은데, 어째선지 니알라토텝만 봉인되지 않아서 제멋대로 설쳐대고 있어.

대체 왜 그런 걸까.

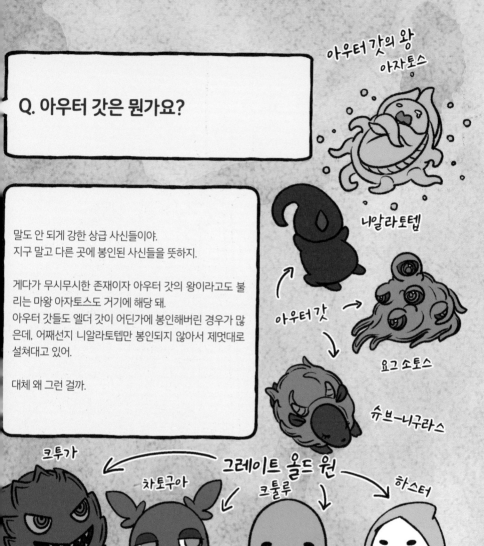

아우터 갓의 왕
아자토스

니알라토텝

아우터 갓

요그 소토스

슈브-니구라스

크투가

차토구아

그레이트 올드 원

크툴루

하스터

「다른 신들」이라고도 부르고, 지금은 지구 말고 다른 곳에 봉인된 사신들을 통틀어서 부르는 말이며, 『크툴루 신화 TRPG』에서 사용하는 용어.

그중에서도 아자토스, 요그 소토스가 필두지만, 아자토스는 지성을 박탈당한 채 잠들어 있어서 신들의 사자인 니알라토텝이 그 의지를 실행하지만, 그것마저도 인류의 기준에서 봤을 때는 상상도 할 수 없을 정도의 혼돈과 광기로 가득 찬 윤리에 기반을 두고 진행된다.

아우터 갓은 그레이트 올드 원 중에서도 지구 밖에 있는 보다 강대한 존재들을 일컫는 상위 카테고리에 가깝지만, 그들이 연합해서 뭔가를 실행하는 일은 없다. 굳이 따지자면 지구상에 봉인되지 않았다는 사실을 뜻하는 말이다.

Q. 엘더 갓은 뭔가요?

사신들에게 대항하는 신들이야.
그레이트 올드 원이나 아우터 갓들을 이곳저
곳에 봉인한 것도 이 존재지.

사신들과 마주쳐서 난처해하는 인간을 아주
가끔씩 도와주기도 해. 하지만 기본적으로는
인간에게 거의 관심이 없어.

사신이나 권속과 마주쳐서 가슴이 두근거
리고 호흡이 곤란해지는 등의 증상이 발
생하면 도와주러 와줄지도 몰라.

엘~더, 엘~더 갓.

노덴스

운'트세-캄블

바스트

크타니드

그레이트 올드 원과 적대하는 세력으로, 사신을 봉인하고 그 봉인을 감시하고 있다. 사신이 해방되거나 부활할 조
짐이 보이면 별의 전사에게 명령해서 쓰러트리고 다시 봉인한다. 오리온자리의 베텔기우스에서 날아온다. 그레이
트 올드 원의 사신들이 신앙의 대상으로 삼던 고대 무 대륙을 멸망시킨 것도 그들이다.

Q. 조스 3신은 뭔가요?

내가 지구로 날아올 때, 조스 성계에서 데리고 온 자식들이야.

「뭐? 애가 있었어?」라니?
크툴루 님은 오래 사셨으니까, 나름대로 다양한 인생 (?) 경험을 했을 거라고 생각해줘….

과타노차, 이소그타, 조스 옴모그까지가 조스 3신이고, 걔들 여동생으로 크틸라도 있어.

아부지

아빠~

아버님

이소그타

과타노차

조스 옴모그

아빠야

크틸라

과타노차 p.74
이소그타 p.76
조스 옴모그 p.78
크틸라 p.80

각 페이지에서 자세히 소개해줄게~

Q. 「이아 이아! 크툴루」에서
이아! 는 무슨 뜻인가요?

만세! 라는 뜻이야.

「크툴루 만세!」같은 거지.

사신은 이 말을 들으면, 내일 하루도
열심히 살아갈 수 있는 힘을 얻게 돼.

이아! 이아!

딥 원

「이아(ia)」라고 표기하며, 주로 사신의 이름 앞에 연속으로 적어서 「이아 이아, 하스터」「이아, 크툴루, 파탄」같은 방
식으로 사용한다. 다니엘 함즈의 「엔사이클로피디아 크툴리아나」에 의하면, 그레이트 올드 원이나 아우터 갓을 부
르는 의식에서 많이 사용하는 말이며, 아클로어로 「우리는 굶주렸다」는 뜻이라고 한다.

원래는 그리스 신화에 등장하는 디오니소스의 신도들이 「이아오!」라고 외치던 것을 모델로 삼았다.
디오니소스는 술의 신이자 광기의 연극의 신으로, 그 광기에 접한 이는 남녀를 가리지 않고 알몸으로 산과 들을 뛰
어다니고, 마주친 자는 짐승이든 사람이든 갈가리 찢어버렸다고 한다. 그리고 「아이, 아이」라고 말하는 경우도 있다.

Q. 「판그루 그루나파 크툴루 르뤼에 가나글 파탄」이 무슨 뜻이죠?

「르뤼에에 있는 집에서 죽은 듯이 잠들어 있는 크툴루 님이, 꿈을 꾸면서 부활할 때를 기다리고 있어!」

라는 뜻이야.

러브크래프트의 「크툴루의 부름」에 등장하는 고대 르뤼에어 의식 주문.
크툴루 숭배 의식에서 종종 사용한다.

원문은 「Ph'nglui mglw'nafh Cthulhu R'lyeh wgah'nagl fhtagn」이며, 「죽은 크툴루가 그의 처소인 르뤼에에서 꿈 꾸며 기다린다(In his House at R'lyeh dead Cthulhu waits dreaming)」으로 번역한다.

원래 사람과 신체 구조가 다른 크툴루의 권속이 사용하는 고대 르뤼에어 주문. 인간인 사도들이 귀에 들리는 대로 따라서 말하는 거라고 한다.

Q. 「저 창문! 창문!」이 대체 뭔가요?

1917년에 집필한 단편소설 「다곤」에 나오는 유명한 대사야.

어떤 섬에 조난해서 다곤과 조우한 주인공이, 살아 돌아온 뒤에 집 창문 밖에 뭔가가 있는 걸 보고서 자기도 모르게 말했던 마지막 대사지.

창밖에 있던 게 다곤일 수도 있고, 모르핀 중독 상태였던 주인공이 본 환각일 수도 있다는 설이 있어.

참고로 다곤한테 어떻게 된 일이냐고 물어봤더니, 「열린 결말로 끝내는 쪽이 더 좋지 않나요」라고 하더라고.

까야ー!!

···뭐야, 다곤이잖아

HP 러브크래프트의 소설 「다곤」의 마지막 대사. 창밖에 기괴한 손이 보인다는 뜻이고, 원문은 「God. The hand! The Window! The Window!」

「다곤」(1917)은 크툴루 신화의 첫 작품이고, 러브크래프트 본인이 데뷔하기 전에 집필한 소설이다. 「다곤」은 나중에 「크툴루의 부름」으로 발전하는 바다에 대한 공포를 묘사한 소설인데, 실제로 있었던 일인지 여부는 밝혀지지 않았고, 태평양에서 독일군 잠수함에 배가 격침되고 살아남은 선원이 바다에서 체험한 망상, 또는 그 일 때문에 PTSD를 앓고 모르핀 중독에 빠진 병사의 환각일 수도 있다. 다곤이라는 이름 자체는 구약성서에 나오는 유대인들의 적인 블레셋 사람들이 섬기던 바다의 신을 뜻한다(곡물의 신, 풍요의 신이라고도 한다).

Q.『크툴루 신화 TRPG』가 뭔가요?

미국의 게임 회사 카오시움에서 제작한 테이블 토크 RPG야. 간단히 말하자면 크툴루 신화 세계의 주인공(탐색자)이 돼서, 다 같이 협력하면서 우주적 공포에 맞서기도 하고 도망치기도 하고 미쳐버리기도 하는 유쾌한 게임이야.

신화 생물과 만나는 등의 무서운 일을 겪으면「이성치 체크」를 위해 주사위를 굴리는데, 주사위의 눈에 따라서는 자기가 맡고 있는 탐색자의 이성치가 줄어들어서 미쳐버릴 수도 있어(펌블이라고 하는 치명적인 실패가 뜨면, 더 큰 일이 날 수도 있고…).

좋아하는 사신님과 만날 수도 있는 재미있는 게임이니까, 꼭 해봐.

주사위의 여신(?)

펌블…

미국의 카오시움사에서 제작한 호러 판타지 TRPG「Call of Cthulhu Roleplaying Game」제6판의 일본어판. 일본 판매원은 KADOKAWA/엔터브레인. 게임 디자이너는 샌디 피터슨.

예전에 제2판부터 제5판까지는 일본의 하비재팬에서 『크툴루의 부름』이라는 제목으로 간행됐지만, 21세기에 들어 엔터브레인에서 다시 발매하면서 명칭이 변경되었다. 카오시움의 게임 시스템 중에서 %방식과 기능을 사용하는 「베이직 롤플레잉 시스템」에, 공포와 공포에 대한 반응을 추가했다. 호러계 롤플레잉 게임의 기본 시스템으로 오랫동안 사랑받았고, 2000년대 후반부터 동영상이나 온라인 협동 플레이에서 많이 이용하는 TRPG의 대명사가 되어가고 있다.

칼럼
「러브크래프트 약력」

「크툴루 신화의 시조」라 불리는 하워드 필립스 러브크래프트(1890~1937, 이하 러브크래프트)는, 미국의 작가다. 보스턴에서 태어났지만, 인생의 대부분을 로드아일랜드주 프로비던스에서 보냈다.

프로비던스는 미국의 식민지였던 시대의 건물이 남아 있는 오래된 지역이며, 뉴잉글랜드 지역에서 세 번째로 큰 도시다. 러브크래프트는 이 도시에 사는 부유한 기업가 휘플 반 부렌 필립스의 둘째 딸인 사라 수잔 필립스 러브크래프트와 은식기회사 고햄 실버의 영업사원이었던 윈필드 스콧 러브크래프트 사이에서 태어났지만, 2살 때 아버지가 갑작스런 발광 증세를 보여서 정신병원에서 치료를 받게 됐다(몇 년 뒤에 사망). 그래서 러브크래프트는 어린 시절에 책을 좋아하는 외조부 필립스의 집에서 살았고, 덕분에 책을 좋아하고 호기심이 풍부한 소년으로 자랐다. 5살 때 처음으로 작품을 쓰는 한편으로 「아라비안나이트」에 푹 빠져서, 할아버지의 집에 드나들던 사람이 압둘 알하자드라는 아라비아풍의 이름을 지어줬다. 또한 신화와 과학에도 관심을 가지게 됐다.

어머니 사라의 음악적 재능을 물려받은 덕분에 바이올린을 배운 적도 있지만, 9살 때 노이로제 증상이 나타난 탓에 그만뒀다. 동네 아이들과 온갖 놀이를 즐기고 자전거를 타고 달리기도 했으며, 지하실에서 몰래 과자 파티를 열기도 했다. 셜록 홈즈에 빠져서 소년 탐정단 놀이를 하기도 했다. 13살 때에 처음으로 망원경을 손에 넣어서, 천문학에 관심을 가지게 됐다. 하지만 1904년 무렵에 외조부가 갑자기 돌아가시고 그의 사업이 기울면서 러브크래프트의 운명은 크게 달라졌다.

채무 청산을 위해 저택을 매각했고, 러브크래프트와 어머니 사라는 작은 집으로 이사하게 되었다. 당시에는 도시에 사는 여성이 일하는 경우가 거의 없어서, 사라는 아버지와 남편이 남긴 유산을 가지고 아들을 키웠지만, 장래에 대한 불안 때문에 마음에 병을 얻어서, 아들에게 의존하고 크게 억압하게 되었다. 러브크래프트는 중학교 때부터 「로드아일랜드 천문 저널」을 간행하는 등 조숙한 천재로서 활동하고 있었지만, 노이로제가 악화되면서 학교에도 갈 수 없게 돼버려서 고등학교를 중퇴했다. 러브크래프트는 어떻게든 공부를 계속할 방법을 찾았지만, 결국 타개책을 찾아내지 못한 채 20세가 돼버렸고, 그 탓에 소설과 시 집필을 중단하게 되었다. 하지만 변화의 계기는 생각지도 못한 곳에서 찾아왔다.

22세가 지난 무렵에 조금씩 회복된 러브크래프트는, 1913년에 SF 판타지 잡지 「아르고시(Argosy)」의 기고란을 통해서 다툼을 벌였다. 그는 인기 작가 프레드 잭슨의 로맨스 소설을 「앤 여왕에게 바치는 산문」이라는 시를 통해서 규탄했다. 당연히 옹호파와 논쟁이 벌어졌고, 투고 페이지를 이용한 논쟁은 1년이나 이어졌으며, 최종적으로는 다른 코너를 만들어서 격리할 지경이 되었다. 이를 계기로 아마추어 작가들 사이에서 러브크래프트가 유명해졌다. 옛스러운 언어와 딱딱한 사고방식을 구사해서 인기 작가를 공격하는 「이상한 이름을 가진 녀석」이라는 인식이기는 했지만, 그래도 그에게 주목하는 사람들이 생겨났다.

유나이티드 아마추어 언론 협회(UAPA)의 편집위원이었던 에드워드 F 다스도 그런 사람들 중에 하나였고, 그는 1914년에 러브크래프트를 찾아갔다. UAPA는 1890년대 소년지의 투고란 독자들이 모여서 만든 조직인데 이 무렵에는 두 파벌로 갈라져 있었고, 재능 있는 젊은이를 찾고 있었다. 이렇게 해서 아마추어 저널리즘이라고 불리는 아마추어 창작소설의 세계에 발을 들인 러브크래프트는 UAPA의 비평부에 소속됐고, 많은 작가들과 교류를 갖게 된다. 여기서 UAPA에서 발행하는 회지에 기사와 비평을 투고하고 편집에도 참여하면서 다시 소설을 쓰기 시작했고, 결국에는 스스로 소설 동인지를 제작하기 시작했다. 그 활동을 높이 평가받아, 1917년 7월에는 UAPA 회장으로 선출됐다.

바로 그 1917년 7월에 크툴루 신화의 첫 작품인 「다곤」이 탄생했다. 러브크래프트는 2년 만에 회장직에서 물러났지만, 그 뒤에는 UAPA와 또 다른 아마추어 저널리즘 단체인 내셔널 아마추어 언론 협회(NAPA)와도 관계를 갖게 되었다.

신화 생물 소개

Q. 크툴루가 뭔가요?

(뭔가요? 라니…)
지금으로부터 약 4억 년 전에 조스 별에서 찾아온 사신님
이고, 지구로 이사 와서 35억 년 대출을 받아서 해저 도시
르뤼에를 만들었어.

빨리 눈을 떠서 인간들을 멸망시키고 다시 한번 지구를 지
배하고 싶다~ 고 생각하고 있지만, 지금은 별들이 제자리
에 모이지 않았기 때문에 밖으로 나갈 수가 없고, 그래서
르뤼에에서 다곤 같은 딥 원들의 시중을 받으면서 잠만
자며 지내고 있어.

예전에(1925년) 한 번 깨어날 뻔했지만 그 짜증 나는
배가 날 들이받아서 격침당했는데, 그 때는
그냥 컨디션이 좋지 않아서 그랬던 거야!

러브크래프트의 소설 「크툴루의 부름」에 등장하며, 그 밖에도 「인스머스의 그림자」 등의 많은 작품에서 언급되는
신적 존재. 약 4억 년 전에 조스 별에서 일족을 거느리고 무 대륙으로 찾아온 외계 생명체 「크툴루」족의 대사제로,
당시에 지구를 지배했던 「올드 원(Elder Things)」와 패권을 다퉜다.

그 뒤에 무 대륙이 가라앉고 엘더 갓들과의 싸움에서 힘을 잃은 탓에, 죽은 것이나 마찬가지인 상태로 바닷속에 봉
인됐다. 별들이 제자리를 찾았을 때, 해저 도시 르뤼에와 함께 부활하리라고 전해지고 있다. 때때로 정신파를 보내
서 민감한 자들에게 자신의 존재를 알리기 때문에, 세계 각지의 오래된 신화에 영향을 미치고 있다.

바닷속에 봉인된 탓에 물의 신이라고도 여겨지지만, 다른 해석도 있다.
크툴루(Cthulhu)라는 이름을 인간의 입으로는 정확하게 발음할 수 없기 때문에, 크툴루, 크툴후, 클룰루 등 다양한
방식으로 표기되었다.

제물

호오….

크툴루 님, 죄송해요…. 솔직히 말씀드리는데, 오늘은 인간 제물을 마련하지 못했어요….

그건 용서할 수 없겠는데….

대신 초코파이를 준비했어요.

용서할게.

Q. 하스터가 뭔가요?

바람을 상징하는 그레이트 올드 원.

알데바란에 있는 검은 할리 호수에 살고, 실제로 어떤 모습인지는 불명이라 대충 형언할 수도 없지만, 하스터의 화신인 노란 옷을 입고 가면을 쓴 「노란 옷의 왕」 모습이라는 이미지가 유명해.

그리고 나랑은 거리를 두고 있어.
하스터 몫의 초코파이를 몰래 먹어버려서 그런가…

「노란 표적」이라고 불리는, 본 사람을 파멸로 이끈다고 하는 ?가 세 개 모여 있는 모양의 마크도 유명해.

노란 표적

러브크래프트의 「어둠 속에서 속삭이는 자」에서 언급되는 신성 존재. 원래는 앰브로스 비어스의 「양치기 하이타」 와 「카르코사의 주민」에 등장한 외계의 신을, 로버트 W. 체임버스가 「노란 표적」 등에서, 무시무시한 희곡 「노란 옷 왕」과 엮어서 공포의 존재로 만든 것을 러브크래프트가 자기 작품의 설정으로 반영했다. 이 단계에서 이름만 있고 외모는 애매모호했지만, 이것을 어거스트 덜레스가 「하스터의 귀환」에서 도입하고 크툴루의 라이벌로 설정하면서 외모가 상당히 비슷하다는 설정이 되었고, 바람의 속성을 지니게 됐다.

「크툴루 신화 TRPG」의 시나리오에서는 체임버스의 설정에 주목해서, 노란 옷 왕이 하스터의 화신이 되었다.

대량 발생

Q. 차토구아가 뭔가요?

사이크라노쉬(토성)에서 지구로 찾아온 복슬복슬 졸린 눈에 항상 배고픈 그레이트 올드 원이야.

자기를 숭배하는 존재한테는 친절하게 대응해줘. 위험해지면 「어디로든 창문」 같은 아이템을 꺼내줘서, 차토구아의 고향인 사이크라노쉬로 도망치게 해주는데, 지구로 돌아오는 방법은 알아서 찾아야 한다나 봐….

크툴루 신화에 등장하는 사신 중에서는 성격이 제일 온화한 편이야.

신자들이 주는 제물을 계속 먹으면서 데굴데굴 팔자 좋게 살고… 아야야야야.

클라크 애슈턴 스미스가 「사탐프라 제이로스의 이야기」나 「토성을 향한 문」 등에서 만들어낸 신성으로, 고대 하이퍼 보리아와 암흑세상 은카이에서 널리 숭배했다.

다른 차원을 통과해서, 다른 별에서 지구로 찾아왔다. 두꺼비와 박쥐를 합쳐놓은 것처럼 생겼는데, 세상에 발표되기 전에 작품을 읽은 러브크래프트가 「어둠 속에서 속삭이는 자」와 「고분」에서 이런 요소들을 등장시켰고, 자기 취향인 부정형의 괴물로 만들어버렸다. 스미스의 「일곱 개의 저주」에 등장했을 때, 자신에게 바친 제물을 보고 만족스러워하며 땅의 신 자리를 양보하겠다고 하는 태도가 인상적이었기에, 그 뒤로 많은 작가들이 나태와 폭식의 신으로 다루게 되었다.

「토성을 향한 문」에서 토성에 기묘하게 생긴 숙부 흐지울퀴그문즈하가 살고 있는 등, 폭넓은 인맥을 지녔다는 사실이 묘사됐다.

34

오오,
참으로
감사합니다
차토구아 님.

마도사
에이본이여,
이 몸에 대한
큰 공헌을
인정하여 네게
상을 내리겠다.

주문? 마도구?
아니면 신의 지혜…?

대체 어떤 상일까…

하지만, 이건
이것대로

좋은데!

…허그는
생각도
못 했어!!

35

Q. 크투가가 뭔가요?

불을 지배하는 그레이트 올드 원.

남쪽물고기자리에 있는 일등성 포말하우트에 유폐돼 있고, 「살아있는 불꽃」이라고 불릴 정도로, 커다란 불덩어리처럼 생겼어.

어째선지 니알라토텝을 싫어하는데, 니알의 거점 중 하나인 「은가이의 숲」을 다 태워버릴 정도로 싫어해.

불쌍한 니알은 그 날부터 이스의 위대한 종족의 신자들이 제공하는 화재보험에 가입했다는 것 같아.

으아아아앙!!!

어거스트 덜레스의 「어둠 속에 깃든 자」에서 처음 등장한 신성.
포말하우트에서 소환된 불의 사신이며, 그 자체가 거대한 살아있는 불꽃처럼 보인다.
「어둠 속에 깃든 자」에서는 북미 위스콘신주에 있는 은가이 숲 깊은 곳에 숨어 있는 〈신들의 사자〉이자 〈기어오는 혼돈〉 니알라토텝을 쓰러트리기 위해, 크투가를 소환해서 숲을 태워버렸다.

크툴루 신화에 없었던 불 속성 신성을 보충하기 위해서 만들어낸 측면이 있고, 니알라토텝과 적대하는 것 외에는 특별한 개성이 없지만, 그렇기 때문에 후속 작가들이 아품 자나 불의 흡혈귀 크투가 등과 연결시키게 되었다.

이름

그러게 니아.

크투가랑 차토구아는 이름에서 오는 느낌이 비슷하네.

푸근~

차토구아

차토구아는 복슬복슬 졸린 눈에 귀여운 사신이다니아.

구구구...

쿠즈

크투가는 뜨겁고 귀찮고 짜증나는 사신이다니아!

화르륵...

흥

날 섬기는 봉사 종족들이야.

완전히 물고기 같은 괴인도 있고, 반은 인간이고 반은 물고기인 하프 타입이나 개구리처럼 생긴 애도 있어.

인스머스라는 마을이나 얀스레이라고 불리는 해저 도시에 잔뜩 살고 있어.

「딥 원」의 피를 지닌 사람은 언젠가 그 애들처럼 물고기나 개구리 같은 얼굴로 변하는데, 이걸 「인스머스 외형」이라고도 해.

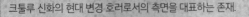

크툴루 신화의 현대 변경 호러로서의 측면을 대표하는 존재.

러브크래프트의 「인스머스의 그림자」에서 언급된 바다의 요물 같은 종족. 크툴루의 권속이자 바닷속에 사는 반은 물고기 반은 사람 같이 생긴 종족. 옛날부터 해안 지역에서 신앙의 대상으로 삼아왔다. 황량한 항구도시 인스머스는 예전에 마시 선장이 태평양의 여러 섬에서 데리고 온 다곤 비밀교단이 지배하게 됐고, 그 뒤에 주민들과 딥 원의 피가 섞이면서 바다의 은혜를 받게 됐지만, 그 대신에 딥 원과의 혼혈인 주민들이 나이를 먹으면 인스머스 외형이라고 불리는 물고기 인간 같은 모습으로 변화하게 되었다. 사람이 아닌 존재와의 혼혈 때문에 이상한 모습이 되어간다는 테마가 인기를 끌었고, 많은 후계 작가들이 소재로 다뤘다.

변모

설마,
내 조상이
딥 원이었다니
….

윽….

이대로 가면
나도 그 무시
무시한 물고기
괴인으로….

몇 시간 뒤

하얀 눈

예상외로
Pop한
외모로
변했다…

Q. 다곤이랑 하이드라가 뭔가요?

날 섬기는 상급 봉사 종족이야.
「딥 원」의 리더 같은 존재지.

해저도시 르뤼에랑 얀스레이에서, 딥 원들이 매일매일 안전하고 안심하면서 살아갈 수 있게 관리하거나, 내 시중을 들어주고 있어.

다곤은 거의 매일 보는데, 다곤의 여자 친구 하이드라는 솔직히 뭐 하는 앤지 하나도 몰라….

근데 왜 뒤에 숨어 있어?

크툴루의 권속 「딥 원」의 수령이라고도 불리는 오래된 개체로, 다곤 비밀교단에서는 아버지 다곤 어머니 하이드라라고 불리면서 신으로서 섬기고 있다.

다곤은 원래 구약성서에서 유대인들과 적대했던 블레셋인들이 섬기던 반인반어 신의 이름이며, 곡물의 신을 뜻한다고도 전해진다. 러브크래프트가 1917년에 집필한 「다곤」은 최초의 크툴루 신화 작품이라고 하며, 훗날 러브크래프트의 상업 작가 데뷔작이 된다. 그 뒤에 「인스머스의 그림자」에서 하이드라와 함께 언급된다.

거대한 반신반인의 모습으로 묘사되는 경우가 많고, 키쿠치 히데유키의 「요신 미식가」에서 원자력 항공모함 칼빈슨을 덮친 다곤은 몸길이가 200m나 된다고 한다.

일상

데 굴——

팩 하는 중

벌떡

뭐

← 그리고 소개로

하이드라…
우리 소개 벌써
시작됐거든.

41

Q. 로이거와 차르가 뭔가요?

하스터를 섬기는 쌍둥이 그레이트 올드 원.
미얀마 쑹고원 지하에 유폐돼 있어.

트쵸-트쵸인이라고 불리는 사악한 난쟁이 종족의 숭배를
받으면서 부활할 때를 노리고 있었는데, 부활하기 직전에
엘더 갓의 전사들이 나타나서 마구마구 때려줬어. 불쌍하
게 말이야.

그 뒤에 걔들이 살아있는지 아닌지는 불명이지만, 사신은
어지간해서는 안 죽는 존재니까, 어딘가에서 잘 살고 있지
않을까?

난 모르지만.

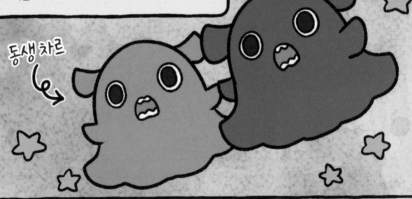

형 로이거

동생 차르

어거스트 덜레스가 마크 쇼러와 합작한 「별의 자손의 소굴」에서 등장한 끔찍한 쌍둥이 신성. 성간 우주 속에서 바
람 위를 걷는 사악한 존재로 여겨진다. 미얀마 오지에 있는 쑹고원의 비밀 도시에서 트쵸-트쵸인이라고 하는 사악
한 소인족이 숭배하고 있다. 어두운 녹색의 작은 산과도 같은 무시무시한 부정형의 거대한 몸에 긴 촉수를 지녔다.
몸을 떨어서 호호라고 들리는 것 같은 소리를 냈다.

마법의 힘으로 강한 바람을 불게 한다. 트쵸-트쵸인의 도움을 받아서 부활을 꾀했지만, 엘더 갓이 보낸 별의 전사
가 쓰러트렸다고 전해진다. 하지만 그 뒤에 덜레스는 「샌드윈관의 공포」에서 로이거를 등장시켰으며, 이 사신은 사
라지지 않는다고도 말했다.

위험한 도발

하스터를 따르는 그레이트 올드 원.

조~금 인간이랑 비슷한 윤곽을 가진 빨간 눈의 거인이고, 북극권 같은 지구의 추운 장소를 어슬렁거리고 있어서, 비교적 만나기 쉬운 사신이야.

수집벽이 있는 건지, 전 세계에 있는 거대한 유적의 아이템 같은 것들을 멋대로 가지고 가. 조우한 사람도 가지고 가버리고.

이타콰는 잡은 사람을 지구 밖에 있는 온갖 곳으로 데리고 다니다가, 최종적으로는 질려서 휙~ 하고 내버려.

어거스트 덜레스가 만들어낸 바람의 신격.

「바람을 타고 걷는 것」에서 캐나다의 매니토바의 원주민이 섬기던 거대한 바람의 신을 설정했고, 〈바람을 걷는 것〉, 〈걸어 다니는 죽음〉 등의 이름으로 불렀다. 북극권에 가까운 캐나다 스틸워터 등에서 숭배했으며, 제물로 바쳐진 자는 신이 데려가서 다른 세상을 돌아다니다, 질리면 천공에서 던져버린다고 한다. 덜레스는 「이타콰」에서 이 신에게 이타콰라는 이름을 지어줬고, 같은 북미 원주민 앨곤퀸족이 두려워하는 악령 웬디고와 연관 지었다.

브라이언 럼리는 「풍신의 사악한 종교」, 「보레아의 요월」에 이타콰를 등장시켰고, 엘더 갓의 저주 때문에 이타콰가 북극권 주변이나 보레아라고 하는 다른 세계를 벗어날 수 없다는 설정을 추가했다.

조우

Q. 별에서 온 요충이 뭔가요?

우주 어딘가에 사는 독립 종족이야.

마도서 「벌레의 신비」에 적혀 있는 주문을 외우면 소환할 수 있어.

불렀는데도 모습이 안 보이네~ 라고 생각할 수도 있는데, 괜찮아. 킥킥하고 웃는 소리가 들리면 바로 옆에 있다는 증거니까.

좋아하는 건 살아있는 생물의 피야. 피를 빨아들이면 투명한 모습에서 촉수를 늘어트린 젤리 같은 모양이 눈에 보이게 되고, 그리고는 피를 빨아먹겠다~ 라고 하는 거야.

나도 빨렸다….

쪼

웅

킥킥

로버트 블록이 「별에서 온 요충」에서 만들어낸 별들 세상의 흡혈귀.

플랜더스의 연금술사 루드빅 프린이 적은 마도서 「벌레의 신비」에 적혀 있는 「별들 저편에서 보이지 않는 종을 소환하는」 주문으로 불러낼 수 있다(지배할 수 있다는 것은 아니다). 무시무시한 촉수를 지닌 투명한 젤리 모양의 생물이며, 끔찍하게 생긴 입과 날카로운 갈고리발톱을 지녔다.

기묘한 소리로 웃으면서 공중에서부터 사냥감(대부분 소환자)을 움켜쥐고, 갈고리발톱으로 목을 갈라버린 다음에 피를 빨아들인다. 피를 빨아들이면 모습이 보이게 된다. 다른 이름은 스타 뱀파이어.

이 단편에서 살해당한 피해자. 프로비던스에 사는 호사가 친구의 모델은 러브크래프트이며, 사전에 편지를 보내서 죽여도 된다는 허락을 받았다.

웃음소리

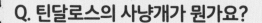

Q. 틴달로스의 사냥개가 뭔가요?

시간을 거슬러 올라간 끝에 있는 모서리 공간에 사는
독립 종족.

랴오탄이라고 하는 약이나 모종의 방법으로 시간 이
동을 하면 이 사냥개랑 조우할 가능성이 있어.
들키면 잡을 때까지 평생 쫓아다녀.

특징적인 점은, 사냥개가 나타나서 이동할 때는 반드
시 모서리를 통해야만 한다는 점이야. 나마코
그림은 완전히 포메라니안이네.

생긴 건 귀엽지만 알맹이는 똑같아서, 예쁘
다고 쓰다듬어주려고 하면 혀에 있는
가시로 푹, 하고 찔러버릴 거야.

러브크래프트 외에 처음으로 크툴루 신화 작품을 의식하고 집필한, 젊은 작가 프랭크 벨냅 롱이 만들어낸 괴물. 같
은 이름의 단편 작품에서 시공을 뛰어넘을 수 있는 시점을 얻은 자는 시공 저편에 존재하는 이 사냥개에게 발각되
고, 계속 쫓기게 된다고 한다. 틴달로스의 사냥개는 세상의 부정을 구현하는 존재이며,「사냥개」라고 부르지만 포
유류는 아니다.

그들은 세상의 바깥에 있으면서 시공을 자유롭게 이동할 수 있지만, 현실 세계로 이동할 때는 반드시「모서리」에서
나타난다. 대부분의 희생자는 방 안에 있는 모퉁이를 석고로 메워버리고 곡선만이 존재하는 방에 틀어박혀서 자신
을 지키려고 하지만, 지진 때문에 석고가 갈라지고 그 모퉁이에서 나타난 사냥개에 의해 죽게 된다.

교육

Q. 아틀락-나챠가 뭔가요?

사람 크기의 거대한 거미 모습을 한 그레이트 올드 원.

지구 어딘가에 있는 차토구아가 사는 지하 세계에서, 매일같이 거미줄을 뽑아서 다리를 만들고 있어.

…끝.

소개할 게 너무 없다고 할까, 왜 그렇게 필사적으로 다리를 만들고 있는 건지 본인한테 자세히 물어보고 싶지만, 바빠 보여서 말이야….

아~~ 바쁘다바빠!!

클라크 애슈턴 스미스가 「일곱 개의 저주」에서 만들어낸 거미 모습의 신성. 하이퍼보리아 대륙의 부어미사드레스 산맥의 지하 깊은 곳에서, 광대한 심연의 갈라진 곳에 거미줄 다리를 만들고 있다.

차토구아가 자기에게 바친 제물을 줬는데 바빠서 거절한다는 이야기밖에 없는 존재였지만, 이후에 다른 작가들이 거미 모습이라는 이유로 여신이라는 속성을 부여하면서 무당거미나 아라크네의 이미지와 합체했고, 결국 거미 여신이 되어갔다. 「아틀락 나카」라고도 표기한다.

일본에서는 일본인이 좋아하는 거미 여신이다 보니 인기가 좋다. 그 심연을 건너는 다리가 완성됐을 때 어떤 재앙이 벌어지게 되는지에 대해서는 알려지지 않았다.

편하게

고마워—

프레젠트 포 유~

줄게~

차토구아와 아틀락-나챠는 제물을 나눠줄 정도로 사이가 좋다.

클라크 애슈턴 스미스의 「일곱 개의 저주」라는 작품에서 사신들의 흐뭇할 만큼 사이좋은 모습을 볼 수 있다.

나야말로 잘 부탁한다.

잘 부탁해~

만남

아, 그거… 아무거나 상관없다.

뭐라고 부르면 될까~?

그런데 네 이름은 아틀락 나카? 아틀락-나챠?

그래도 되지만!

둘 다 아니잖아?!

그럼 낫짱이라고 부를게.

Q. 골 고로스가 뭔가요?

헝가리, 온두라스, 발 사고스 등지에서 숭배했던 그레이트 올드 원.

생김새나 특징 같은 것들이 제대로 알려지지 않은 존재야. 제대로 알려지지 않은 이유는, 골 자신은 활약하거나 모습을 드러내는 데 관심이 거의 없고, 매일같이 데굴거리면서 살아가는 걸 소중하게 여기고 있기 때문인 것 같다.

「Gor-goroth, The Forgotten Old One」 (골 고로스, 잊힌 신)이라는 작품 제목이 나왔는데도, 전혀 신경 쓰지 않는 것 같아.

너, 그러다 언젠가 진짜로 잊힌다….

로버트 어빈 하워드가 본 윤츠의 「무명 제사서」와 함께 창작한 존재인데, 결국 구체적으로 등장하지는 않았던 고대의 신성을, 로버트 프라이스가 하워드의 작품에 등장하는 괴물로 끼워 넣었다.

「검은 돌」에 등장하는 고대 스트레고이카바르에서 숭배했던 개구리처럼 생긴 사신. 「지붕 위에」에서는 두꺼비 신전에 봉인돼 있던 미라의 주인(또는 그 사역마)이며 유연한 육체와 날개, 커다란 발굽을 지닌 웃는 괴물이, 단편 「발 사고스의 신들」에서 언급되는 고대에 숭배했던 사신 골 고로스일 것이라고 추정된다.

하지만 정식 묘사는 없고, 나중에 로버트 프라이스가 연관성을 주장했는데, TRPG판에서는 그 주장에 따르고 있다. 일본에서는 신쿠마 노보루가 「검은 비석의 마인」에서, 검은 비석의 지하에 골 고로스를 등장시켰다.

※데굴거리는 것을 일본어로 고로고로(ごろごろ)라고 한다-역주

Q. 아자토스가 뭔가요?

「크툴루 신화에 등장하는 사신 중에 누가 제일 세지?」
라고 묻는다면 당연히 이 분을 꼽을 만큼 강대한 힘을
지닌 아우터 갓들의 왕이야.

우주 끝에 있는 궁전의 옥좌에 있으니까, 「인간은 평생
만날 일이 없어서 다행이야」라는 생각도 들어. 물론 본
인을 만난다면 순식간에 미쳐버릴 거야.

지성이 없다 보니, 시중을 담당하는 니알이나 궁전에
있는 하급 신들이 악기를 연주해서 달래주고 있어.

러브크래프트의 여러 작품에서 종종 언급되는 사신들의 마왕. 끓어오르는 혼돈의 중심이자 만물의 주인으로 여겨
진다. 장님이자 백치의 신이며, 시공을 초월한 우주 깊은 곳에서 계속 잠자고 있고, 그 주위에서는 사신의 권속들이
끔찍한 음악을 연주해주고 있다. 니알라토텝은 그 의지를 구현하기 위해서 태어난 「신들의 사자」로 불리고 있다.
러브크래프트는 광기의 칼리파를 그린, 벡퍼드의 아라비아풍 환상 소설 「바테크」를 읽고, 그 영향을 받아서 「아자
토스」를 쓰기 시작했다고도 전해진다.

아자토스가 눈을 뜨면 그의 꿈에 불과한 이 세상은 끝나버린다고 전해지지만, 이것은 크툴루 신화에 큰 영향을 미
친 로드 던세이니의 「페가나의 신들」과 혼동한 탓으로 여겨진다.

사실은

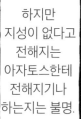

하지만 지성이 없다고 전해지는 아자토스한테 전해지기나 하는지는 불명.

니알라토텝은 신들의 사자로서, 우주에서 일어난 일들을 아자토스에게 보고한다 (그러고 싶으면).

…그럼 오늘 보고는 끝이야니아. 바이바이니아~

그런 표정 지어도 갈꺼다니아.

너, 사실은 지성 있지.

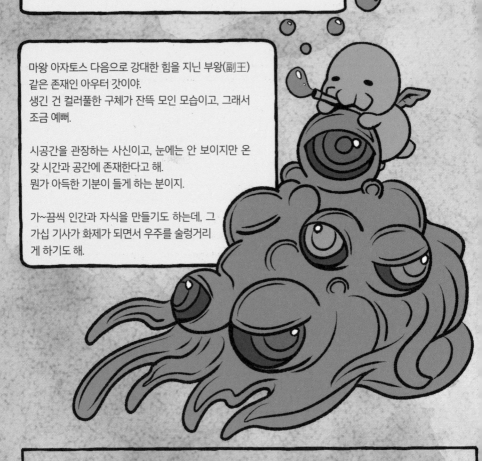

Q. 요그 소토스가 뭔가요?

마왕 아자토스 다음으로 강대한 힘을 지닌 부왕(副王)
같은 존재인 아우터 갓이야.
생긴 건 컬러풀한 구체가 잔뜩 모인 모습이고, 그래서
조금 예뻐.

시공간을 관장하는 사신이고, 눈에는 안 보이지만 온
갖 시간과 공간에 존재한다고 해.
뭔가 아득한 기분이 들게 하는 분이지.

가~끔씩 인간과 자식을 만들기도 하는데, 그
가십 기사가 화제가 되면서 우주를 술렁거리
게 하기도 해.

러브크래프트의 「더니치의 공포」, 「찰스 덱스터 워드의 사례」 등에 등장하는 신성.
시공을 초월한 존재로 문이자 열쇠이며, 전부이자 하나, 하나이자 전부라고도 한다. 차원의 문 저편에 숨어서 지구
침투를 시도하고 있지만, 존재의 본질이 다르기 때문에 그대로는 현실 세계에 나타나지 못하고 있다. 「더니치의 공
포」에서는 마술사의 소환에 응해서 마술사의 딸을 임신하게 했고, 부산물로서 자신의 분신을 낳게 했다.

비교적 인간의 형상에 가까운 형제 윌버 휘틀리조차도 산양과 인간, 파충류와 연체동물을 섞어놓은 것 같은 괴물
이었지만, 그 동생은 이세계의 물질로 만들어진 촉수와 살덩어리였다.
요그 소토스는 무지개색 구체의 집합체이면서도, 한없는 악의를 넌지시 보여주는 존재다.

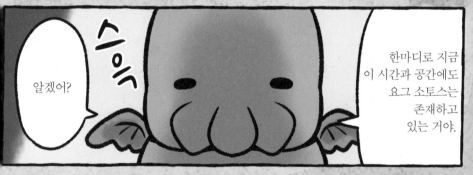

Q. 슈브-니구라스가 뭔가요?

요그 소토스와 니알라 토텝만큼이나 대표적인 아우터 갓. 풍요와 다산의 모신(母神)이야.

이름은 마도서나 주문에서 자주 들어볼 수 있지만, 본인은 모습을 거의 드러내지 않는다는 인상이야.
우주 어디에 있는지도 모르고, 유폐된 건지 아닌지도 불명이야. 조금 미스테리어스한 존재지.

「숲의 검은 염소」라고 불리는, 발굽이 달린 거목 같은 봉사 종족이 잔뜩 붙어 있어.

왜 이리 오는 거야, 너희 엄마는 저쪽에 있어.

엄마―

엄마―

러브크래프트가 작품 속에서 종종 「천 마리의 새끼를 밴 숲의 검은 염소」라고 부르는 대지의 여신.

러브크래프트의 서간에서 구름 같은 모습이라고 묘사됐을 뿐이고, 러브크래프트 작품에서는 고대의 대지모신으로서 숭배되는 경우가 대부분이다. 그 뒤에 브라이언 럼리의 「문 렌즈」에서, 영국 고츠우드에서 숭배하고 있다는 사례가 보고되었다. 일본에서는 카자미 준야 「크툴루 오페라」에서 여러 개의 촉수를 가진 거대한 산양 같은 모습으로 묘사되었고, 야노 켄타로의 「사신 전설」에서는 히말라야 지하에 봉인되어 있다고 했다.

TRPG에서는 그 권속인 「숲의 검은 새끼 염소」가 자주 등장하는데, 이것은 로버트 블록의 「빈집에서 발견한 수기」에 등장하는 부정형의 숲의 괴물(실제로는 쇼고스라는 것 같다)에서 만들어낸 게임 오리지널 괴물이다.

호칭

천 마리의 자식을 낳으신 숲의…

이아! 슈브-니구라스!!

그러니까…

숲… 숲의… 뭐였더라…?

숲의 곰 아저씨!!

정답 「숲의 검은 염소」

뚜ー야 뿌직 으ー야

Q. 니알라토텝이 뭔가요?

「기어오는 혼돈」이라고 불리는 아우터 갓이야.

999개의 화신이 있다고 하는데, 본인 말로는 어떤 것으로도 변신할 수 있고, 사람 모습으로 변해서 사람을 파멸의 길로 이끄는 것도 아주 좋아해서, 지금도 지구 어딘가에서 기어 다니며 활동하고 있을 것 같아.

대부분의 그레이트 올드 원이나 아우터 갓은 엘더 갓이 우주나 지구 어딘가에 유폐해버렸지만, 그 와중에 니알은 여기저기 자유롭게 돌아다니고 있어. 부럽다.

러브크래프트가 「니알라토텝」, 「누가 블레이크를 죽였는가」, 「미지의 카다스를 위한 몽환의 여정」 등에서 등장시켰는데, 전부 방향성이 달랐던 정체불명의 신성.

원래는 러브크래프트의 이집트 환상과 과학 로맨티시즘이 꿈속에서 결정을 이룬 것이다. 러브크래프트 본인이 특이한 이세계 판타지 「카다스」에서, 천 개의 다른 모습을 가진 기어오는 혼돈이라고 했기 때문에, 수많은 배리에이션을 지녔고 사신들의 대리인을 맡고 있는 트릭스터가 되었다. 그 뒤에 로버트 블록의 「얼굴 없는 신」과 「첨탑의 그림자」, 어거스트 덜레스의 「어둠 속에 깃든 자」에서 확대 해석되면서, 사람들이 멋대로 다루게 되었다. 이 책의 그림을 그린 나마코의 세계에서는, 덜레스판 「어둠 속에서 짖는 것」의 형상을 바탕으로 그렸지만, 로버트 블록의 「첨탑의 그림자」 이후로는 검은 피부의 신부 형태도 많이 등장하고 있다. 애니메이션으로 제작된 「기어와라 냐루코 양」 이후로는 은발 미소녀도 새로운 배리에이션으로 추가됐다.

진찰

카다스의 니알

나이 신부

다음 환자 니알 님, 들어오세요.

왜애앵…

어…

누구부터..

예

Q. 미-고가 뭔가요?

지구에만 있는 광석을 모으기 위해, 유고스 행성(명왕성의 다른 이름)에서 지구로 온 독립 종족이야.

생긴 건 벌레 같지만, 사실은 균류 생물이야. 게 집게발처럼 생긴 손이 달려 있는데, 국 끓여 먹으면 정말 맛있어.

광석을 모으는 것 말고 다른 취미는, 마음에 든 생물의 뇌를 꺼내서 뇌 실린더라고 부르는 보관 기구에 집어넣어서 수집하는 것.

그들의 과학 기술은 정말 대단해서, 뇌 실린더에 집어넣은 생물은 뇌만 남은 상태에서도 살아있기도 해.

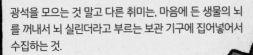

러브크래프트의 「어둠 속에서 속삭이는 자」와 「유고스의 균류」에 등장하는 지적 우주 종족.

암흑성 유고스에서 온 우주인이며, 균류에 가까워서 「유고스에서 온 균류」라고도 불린다. 갑각류처럼 생긴 몸통에 한 쌍의 커다란 등지느러미 또는 피막 형태의 날개와, 관절이 달린 팔다리가 여러 개 달려 있다. 일반적으로는 머리가 있는 위치에 소용돌이 모양의 타원체가 있고 그 표면에 아주 짧은 촉각 같은 것이 무수히 자라나 있으며, 발은 벌레처럼 두 갈래로 갈라져 있다. 보통은 사람 눈에 보이지 않는다.

지하자원을 채굴하기 위한 목적으로 지구에 침입했으며, 광선총이나 추출한 뇌를 보존해서 살려 둘 수 있는 원통 모양의 기계 등, 고도의 테크놀로지를 보유했다. 그들의 존재는 누군가가 숨기고 있다. 여러 형태가 있으며, 히말라야의 설인과 같은 존재로 보는 견해도 있다.

촬영

6억 년 전에 우주에서 지구로 찾아온 정신생명체 독립 종족이야.

오스트레일리아를 거점으로, 그 시대에 있었던 원추형 생물의 몸을 차지해서 활동했어.

이스네는 다른 시대의 생물과 정신 교환을 할 수 있어. 정신을 빼앗긴 사람은, 자기 몸 대신에 원추형 생물의 몸에 정신이 갇혀버리게 되고, 이스네의 명령에 따라서 자기 시대에 일어난 사건을 기록으로 남기는 일을 하게 돼.
자기 역할을 다 하면, 기억을 지워버리고 원래 시대의 몸으로 돌려보낸다는 것 같아.

그리고 「위대한 종족」이라는 호칭은, 자칭이라는 것 같아 ….

러브크래프트의 「시간의 그림자」에 등장하는 고대 종족.

시간의 섭리를 해명했기에. 정신을 다른 시간으로 보내서 그 시간에 있는 종족 중 어느 한 개체와 정신을 교환하여 일시적으로 그 개체의 육체를 차지하고, 그 육체를 이용해서 조사와 연구를 한다. 그동안 그 육체의 원래 정신은 위대한 종족의 육체에 들어가서 위대한 종족의 도시에서 산다. 조사하다가 일정 기간이 지나면 정신 교환이 끝나는데, 그 시대에서 파멸이 예측되면 미래 종족의 육체를 차지해서 이주한다.

위대한 종족은 이 방법을 이용해서 몇 번이나 육체를 버리고 미래로 이주해왔다.
「시간의 그림자」에서 언급되는 원추형 종족은, 고대에 현재의 오스트레일리아에 살았지만 날아다니는 폴립과 싸워서 지게 된다는 것을 알았고, 그래서 더 먼 미래, 인류가 멸망한 이후 시간의 갑충 종족으로 이주했다.

Q. 날아다니는 폴립이 뭔가요?

6억 년 전에 지구와 4개의 태양계 행성을 침략했던 독립 종족이야.

바람을 조종하는 능력을 가졌으니까, 어쩌면 하스터의 봉사 종족일지도 몰라.

지구에 온 그들은 창문이 없는 탑을 짓고서 살았는데, 그 시대에 있던 원추형 생물에 이스의 위대한 종족의 정신이 옮겨 들어왔고, 멋지게 싸움이 벌어졌지.

결국 싸움에 진 폴립들은 이스 애들이 동굴에 가둬 버렸어….

아, 「눈이 안 보이는 자」라고도 불리는데, 한마디로 몸에 있는 그건 눈이 아니라 무늬야.

러브크래프트의 「시간의 그림자」에 등장하는 외계 생물.

폴립처럼 생긴 거대하고 이질적인 선주 종족. 시각은 없지만 뛰어난 지각능력을 지녔고, 바람을 조종해서 하늘을 날며 모습을 숨길 수도 있다. 몸의 일부만 통상적인 물질로 되어 있기 때문에, 우리 인류와는 사고와 인식이 근본적으로 다르다.

약 6억 년 전에 태양계로 날아왔고, 이스의 위대한 종족이 정신을 이주하게 될 원추형 생물을 압박했지만, 위대한 종족이 이주하면서 체제를 혁신한 원추형 생물들이 오스트레일리아의 지하에 가둬버렸다. 그 뒤에 약 5천만 년 전에 지하에서 탈출했고 원추형 종족을 멸망시켰지만, 위대한 종족의 정신은 이미 더 미래로 이주한 뒤였다. 그들은 지하의 암흑세계에 안주하면서, 자신들의 영역을 침범하는 자를 격렬하게 공격한다.

배신

날아다니는 폴립은 몸을 투명하게 만들 수 있다.

얼마 전까지 지구에 살았던 코끼리처럼 생긴 그레이트 올드 원이야.

평소에는 좌선하는 것 같은 자세로 가만히 있지만, 배가 고파지면 근처에 있는 제물의 피를 빨아먹기 위해서 움직여.

생김새가 비슷한 형제와 같이 피레네산맥에서 살았었는데, 싸우고 헤어진 뒤에 이래저래해서 메트로폴리탄 미술관에 석상으로 장식됐고, 그 뒤에 정체가 들켜서 최종적으로 인간들이 뭔가 대단한 장치를 이용해서 시공의 저편으로 날려버렸어.

그리고 얘 몸길이는 1.2미터고, 꼭 안아주고 싶어지는 느낌이야.

발에 쥐났다 …

프랭크 벨냅 롱이 「공포의 산」에서 만들어낸 신성.

중앙아시아의 츠앙 고원에서 미국으로 옮겨진 차우그나르 파우근은, 코끼리처럼 생긴 머리를 가진 사람 모습의 사신이며, 낮에는 높이 1.2미터 정도의 석상처럼 보이지만, 밤이 되면 코를 뻗어서 제물의 피를 빨아들인다. 원래는 피레네산맥에서 일족과 같이 살았으며, 고대 로마 제국군과 싸운 적도 있지만, 예언에 따라 1체만이 신도인 밀리 니그리족을 데리고 산에서 내려와 아시아 지역으로 이동했다.

이 사신을 쓰러트린 영능력자 로저 리틀의 회상 장면에 러브크래프트가 1927년 10월 31일(핼러윈) 밤에 꿨던 꿈을 그대로 유용한 것은, 친교가 깊었던 두 사람이기에 가능했던 에피소드다.

위엄

차우그나르
파우근 님은
언제 봐도
위엄있는
자세를 하고
계시는구나….

…

타악

어이쿠,
슬슬 그거
준비할
시간이네.

벌렁

흐아~ 계속
같은 자세로
있었더니
힘드네~

샤
샤
샥

차우그나르 님,
제물을 준비해
왔습니다~

Q. 쿠아킬 우타우스가 뭔가요?

시간을 관장하는 그레이트 올드 원이야.
어린아이 미라처럼 생겼어.

소환하면 빛의 기둥 속에서 천천히 강하하면서 등장한대.

시간을 관장하는 사신이니까 「즐거웠던 그 시절로 돌아가고 싶다~」 같은 생각이 들었을 때 부르면 좋겠지만, 이 녀석이 건드리면 체내 시간이 엄청나게 빨리 흘러가서 몸이 재가 돼버려.

사신을 소환하는 데는 나름대로 디메리트도 있다는 얘기지….

휘잉…

C.A.스미스의 「먼지를 밟고 걷는 것」에 등장하는 신성.

유구한 시간 속에서 바짝 말라버린 어린아이 미라처럼 보인다.
나타나면 팔다리를 뻗는데, 걷는 게 아니라 빛을 따라서 허공에 뜬 채로 가까이 다가온다. 두 발은 아교로 굳혀놓은 것처럼 쭉 뻗은 채로 고정돼 있다. 약 1000년 전에 그레코 박트리아의 유적에서 발견된 마도서 「카르나마고스의 유언」에 적혀 있는 주문을 외우면 소환할 수 있는데, 쿠아킬 우타우스가 건드린 것은 시간이 급속도로 흘러간 것처럼 노화, 열화돼서 먼지가 돼버린다.
소환한 당사자조차도 먼지가 돼버린다.

70

Q. 란-테고스가 뭔가요?

둥그스름한 몸에 집게 달린 팔을 가진 그레이트 올드 원이야.

먼 옛날에 유고스 행성에서 지구로 왔고, 알래스카에 있는 석조도시 폐허에서 300만 년 정도 자면서 지냈대.

그러다 어떤 열광적인 신도가 잠들어 있는 란-테고스를 런던으로 옮긴 적도 있어. 본인 말로는 자다가 깨보니까 누군지도 모르는 신자가 운영하는 박물관으로 옮겨져 있어서 엄청나게 놀랐다나 봐. 당연히 놀라겠지.

란-테고스에게 바치는 주문은 우자 예이! 우자 예이!(생략)인데, 외치다 보면 신이 나.

러브크래프트가 헤이젤 힐드를 위해서 대필한 「박물관에서의 공포」에 등장하는 신성.

몸통은 거의 구형이고, 게 같은 집게발이 달린 여섯 개의 팔다리와 긴 코가 달렸고, 세 개의 눈이 삼각형 모양으로 배치된 머리에는 솜털 같은 흡수관이 빼곡하게 자라나 있다. 사냥감을 짓눌러서 대상의 피를 빨아먹는다.
「나코트 필사본」의 제8단편에 의하면, 인류가 탄생하기 전에 북방을 지배했던 끔찍한 존재 중에 하나라고 한다.
알래스카의 누트카강 상류에 있는 고대도시의 폐허에 있는 옥좌에서 잠들어 있었는데, 광기에 물든 영국인 밀랍인형 작가 조지 로저스가 발견해서는 자기 박물관에 전시했다. 지금도 전시돼 있다는 것 같다.

라이브

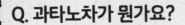

Q. 과타노차가 뭔가요?

그레이트 올드 원 「조스 3신」 중에 장남이야.

이 아이를 본 자는 너무 무서운 탓에 피부가 돌이 돼버려서 움직이지 못하게 돼.
하지만 돌이 되는 건 표면뿐이라서, 돌이 돼버린 채 반영구적으로 살아야 한다나 봐. 정말 무섭지.

상대가 자신의 무시무시한 모습을 보기만 해도 돌이 돼버린다는 데 자부심을 가지고 있는 동시에, 「내 얼굴이 그리 끔찍하게 생겼나」라는 콤플렉스도 있는 것 같아.

난 남자다운 얼굴이라고 생각하는데.

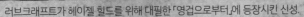

러브크래프트가 헤이젤 힐드를 위해 대필한 「영겁으로부터」에 등장시킨 신성.
보스턴에 있는 캐벗 박물관이 구입한 석화된 미라와 함께 발견된 원통 안에 있던 문서, 그리고 「무명 제사서에 적혀 있던 옛이야기」에 등장한다. 유고스 성인이 숭배했던 신성, 또는 마왕.
무 대륙의 야디스-고산의 깊은 구멍 밑바닥에 봉인돼 있다. 그 모습을 본 자는 몸이 바깥쪽부터 석화되는 동시에, 뇌만은 영원히 살아남는 저주에 걸리게 된다. 과타노차의 부활을 두려워한 사람들은, 매년 젊은 남녀를 12명씩 산 제물로 바쳐왔다. 그 뒤에 린 카터가 크툴루의 아들인 조스 3신의 맏이라고 설정했다. 〈산 위의 요물〉이라고도 불린다.

일본에서는 「울트라맨 티가」에서, 고대 무 대륙을 멸망시킨 가타노조아로 등장했다.

장남의 고민

Q. 이소그타가 뭔가요?

그레이트 올드 원 「조스 3신」 중에 둘째.

무 대륙과 이어져 있는 왕국 예의 심연에 유폐돼 있었어.

무 대륙 시대에는 형(과타노차)이 인기 있다고 질투했다는 것 같지만, 지금은 대륙이 없어진 것도 있고 해서 그냥 사이좋게 지낸다는 것 같아.

자신과 닮은 조각상을 통해서 인간에게 텔레파시를 보내고, 그렇게 해서 신자를 모으는 게 특기야.

그나저나 너무 말랐다. 제물 좀 많이 먹어.

린 카터가 「나락 밑의 존재」에서 등장시킨 신성.

크툴루 신이 지구로 날아오기 전에 낳은 조스 3신의 둘째에 해당된다. 〈심연에 잠드는 불길한 것〉이라고도 불린다. 크툴루를 비롯한 그레이트 올드 원 중에 하나이며, 고대 무 대륙에서 숭배했었지만 엘더 갓이 예의 심연에 처박아버렸고, 일곱 개의 〈엘더 갓의 인〉으로 봉해버렸다. 무 대륙이 가라앉은 뒤에는 르뤼에 한쪽에 봉인돼 있었지만, 봉인 속에서 텔레파시를 보내서 사람들의 꿈을 뒤숭숭하게 만들고 공물을 바치게 만든다. 남태평양에서 발견된 신상을 보면 뒷다리는 양서류처럼 생겼고 앞발에는 물갈퀴가 있는 2족 보행 생물이며, 머리카락은 끓어오르는 것 같은 헛발 또는 촉수 덩어리로 되어 있으며, 그 머리카락 사이 한가운데에 번뜩이는 외눈이 있다. 〈기어오는 자〉이자, 불멸이면서 노후한 존재인 우브와 그 후손인 유가가 이소그타를 따르고 있고, 그를 묶은 사슬을 풀려 하고 있다. 무 대륙 시대 마지막에 과타노차 교단이 태두하면서 이소그타 신앙을 포함한 다른 많은 신앙들이 부정당했었다.

「크툴루 신화 TRPG」에서는 「유토그타」(말레우스 몬스트로룸)이라고 표기된 적이 있다.

둘째의 고민

Q. 조스 옴모그가 뭔가요?

그레이트 올드 원 「조스 3신」 중에 막내야.

나처럼 르뤼에 한쪽에 유폐돼 있어.
아직 어린애라서 노는 걸 제일 좋아하고, 항상 밝은 아이야.

가~끔씩 형 이소그타한테 받은 조각상을 통해서 신자를
모으는 사신 같은 활동도 하지만, 별로 재미있지 않은지
벌써 질린 것 같아.

사신이자 아빠로서 참 걱정돼.

그리고 가끔은 애완동물 유가랑도 좀 놀아줘···.

풍선이다~

갸갸갸

린 카터가 「나락 밑의 존재」, 「시대를 지나」 등에서 언급했고, 「진열실의 공포」에서 등장시킨 신성.

크툴루 신이 지구에 오기 전에 낳은 조스 3신 중 셋째. 현재의 포나페섬인 「성스러운 석조 도시의 섬」 앞바다의 해
구에 봉인돼 있다. 포나페섬에서 발견된 신상의 모습은 원추형 몸통 위에 파충류 같은 쐐기 모양 머리가 달려 있는
데, 소용돌이치는 긴 머리카락 때문에 머리 자체는 잘 보이지 않는다. 머리카락 같은 것은 뱀이나 애벌레처럼 보이
기도 하는데, 촉수로 추정되기도 한다. 목 부분의 주름에서 4개의 촉수 같은 팔 또는 다리가 달려 있는데, 불가사리
의 팔처럼 납작한 모양이다.

끔찍한 부정의 화신 유가와 딥 원이 조스 옴모그를 따르면서, 계속 부활할 방법을 모색하고 있다.

동생의 고민

Q. 크틸라가 뭔가요?

내 딸이자 그레이트 올드 원이야.

조스 3신 말고도 자식이 있는데,
얘 별명은 「크툴루의 감춰진 자손」이야.

만약에 내가 소멸되면 이 아이의 힘으로 날 부활시켜주는
중대한 임무를 맡고 있어. 그래서 평소에는 해저 도시 얀
슬레이에서 다곤이랑 하이드라가 소중하게 지켜주고 있
는 규방 규수야.

전에 어떤 대 사신 조직이 이 아이한테 핵탄두를 날
리려고 했을 때는 나도 엄청나게 화가 나서, 대지
진에 회오리바람, 폭풍으로 아캄 시내를 엉망진
창으로 만들어버렸지.

목 말 라

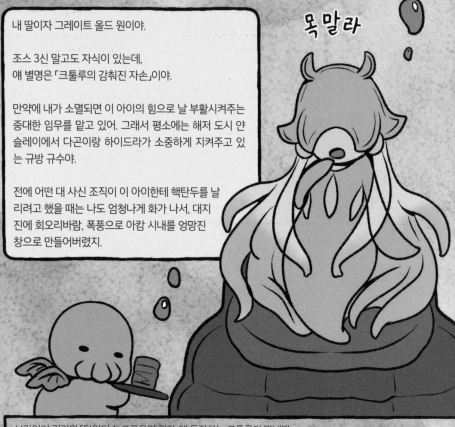

브라이언 럼리의 「타이터스 크로우의 귀환」에 등장하는 크툴루의 막내딸.

지금까지 크툴루한테는 세 아들(과타노차, 이소그타, 조스 옴모그)만 있다고 여겨졌지만, 존재 자체가 숨겨져 있던
「암컷 속성의 신성」이 탄생했다는 것이 「잔투의 점토판」과 「포나페 경전」의 연구를 통해서 밝혀졌다. 심해에 있는
얀슬레이에 숨겨져 있으며, 다곤과 하이드라가 지키고 있다. 크틸라는 200년마다 행하는 제사를 통해서 지켜지고
있다. 크툴루는 언젠가 엘더 갓이 자신을 소멸시킬 가능성이 있다고 예견하고, 자기 〈딸〉의 어두운 뱃속에 잉태돼
서 다시 태어나기를 꿈꾸고 있다.

외모는 크툴루를 닮아서 문어처럼 생겼지만, 세 개의 튀어나온 눈과 수납 가능한 갈고리발톱 등을 지녔다.

여동생의 고민

…

하아…

매일 나만 균형 있는 식사를 하는데, 너무 맛없어…

어…?

저기저기 크틸라, 우리랑 같이 밥 먹자!

혹시나 혼날 것 같으면 오빠들이 시켰다고 하면 돼!

가끔은 괜찮겠지.

내가 이런 음식을 먹어도 되는 건가?

Q. 노프케가 뭔가요?

지구 북방에 살았던 날카로운 뿔과 여섯 개의 다리를 가진 복슬복슬한 독립 종족이야.

군림했던 란-테고스가 그 노래(주문)을 듣고 신이 나서 같이 살았다는 것 같아.

그게 너무 시끄러웠는지 차토구아를 섬기는 부어미족이 노프케를 쫓아냈다는 역사가 있어.
(린-테고스는 알래스카로 이동했고, 삐쳐서 잠들어버렸어.)

노후~

러브크래프트의 「북극성」에 등장하는, 팔이 긴 털북숭이 식인 종족.
북극 설원에 살았고, 고대 로마르 왕국을 공격했지만 용감한 전사들이 물리쳤다.
「미지의 카다스를 향한 몽환의 추적」에서는, 그 뒤에 노프케가 로마르 왕국을 멸망시켰다고 한다.
그들은 신전이 무수히 세워져 있는 오라토에를 정복하고, 그 땅의 영웅을 해치웠다. 러브크래프트가 헤이젤 힐드를 위해 대필한 「박물관의 공포」에서는, 그린란드의 빙원지대에 사는 정체불명의 생물이고 두 다리, 네 다리, 또는 여섯 개의 다리로 걸어 다니며 날카로운 뿔이 있다고 한다. 그래서 여섯 개 이상의 팔다리가 있고 뿔이 달린 백곰 같은 모습으로 추정된다.

「크툴루 신화 TRPG」에서는 이타콰와 관계가 있는 정체불명의 종족이며, 마력을 이용해서 눈보라를 일으킨다고 한다.

사고

Q. 뱀 인간이 뭔가요?

사람처럼 직립하고 팔다리가 달린 뱀 봉사 종족이야. 이름 그대로지.

3억 년 전에 생물이 진화해서 태어난 종족이야.
바이아티스 같은 뱀 신을 숭배해.
과학 문명이 발달하며 번영했지만, 인류가 나타나면서 서서히 쇠퇴하고 사라졌어.

현대에도 어디선가 몰래 활동하고 있을
수 있지만, 숫자는 아주 적을 거야.

여러 신화 작가가 작품에 등장시킨 기어 다니는 파충류 인종.

머리와 몸, 꼬리는 뱀처럼 생긴 생물이지만 사람 같은 팔다리가 달렸고, 로브를 착용한다. 과학과 마술에 정통했다. 클라크 애슈턴 스미스의 「일곱 개의 저주」에, 지하에서 마법을 연구하는 종족으로 등장한다. 그 밖에 러브크래프트의 「이름 없는 도시」에서는 고대에 멸망한 문명이고, 지금은 영체(靈體)가 되어 있다.

로버트 어빈 하워드의 「코난」 시리즈에서는 고대 바르시아 왕국을 비밀리에 지배했다고 하는데, 러브크래프트의 「시간의 그림자」에도 등장한다. 크툴루 신화에서는 스미스의 이미지를 발달시킨 것이 많지만, 세세한 설정은 작가마다 다르다.

예를 들어 애니메이션으로도 제작된 무라야마 케이의 만화 「센토르의 고민」에서는, 남극에 살면서 다양한 초과학을 사용하는 뱀 인간족이 존재하고, 주인공이 다니는 학교에도 교환 유학생이 찾아온다.

개명

우리 이름, 이상하지 않아…?

왜 그래?

하아….

뭐?!

그걸 말하네….

그런데 우리는 뱀 인간이라니. 생긴 그대로잖아!

「딥 원」은 물고기 인간인데 딥 원이라는 멋진 이름이 잖아!

그, 그래~

우리도 B급 느낌을 벗어날 수 있는 새로운 이름을 만들자!

완전 B급 느낌이네….

메가 서펜트

봐! 이게 우리의 새로운 이름이다!!

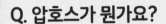

Q. 압호스가 뭔가요?

「우주의 모든 부정적인 것의 어머니이자 아버지」라고 불리는 아우터 갓이야.

생김새는 거대한 회색의 끈적끈적한 덩어리.
다른 사신이나 그 누구에 대해서도 관심이 없고, 매일같이 지구의 지하 세계에 틀어박혀서 자기 분신을 만들었다가 부수고, 만들었다가 흡수하는 행동을 계속 반복하고 있어(뭔가 어둠이 느껴지네).

텔레파시로 인간과 대화도 할 수 있는데, 성격은 상당히 뒤틀리고 삐딱한 느낌이야.

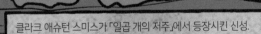

클라크 애슈턴 스미스가 「일곱 개의 저주」에서 등장시킨 신성.

우주의 모든 부정적인 것의 어머니이자 아버지라고 불리는 존재이며, 끈적거리는 해안에서 징그러운 분열을 끝도 없이 되풀이하고 있다. 부어미사드레스 산맥의 땅속 깊은 곳에 있는 축축한 연못 안에 살고 있으며, 그 부정형 육체에서는 기묘한 모양의 자손들이 증식하면서 태어나고, 진화와 성장을 거듭하면서 지상을 향해 이동해간다.

그 일부는 압호스 자신의 식사가 된다. 그 이상하게 생기고 혼돈 그 자체인 부정형 존재지만 신경은 예민해서, 아르케타이프들이 제물로 바치는 인간을 촉수로 세세하게 조사하고는 내장에 부담이 간다는 이유로 돌려보내는 이성을 지녔다.

본심

하지만 그는 상당히 삐딱한 성격이라, 누구와도 관계를 갖지 않고 계속 자기 분신만 만들면서 조용히 살아가고 있다.

압호스는 차토구아 등과 마찬가지로 부어 미사드레스 산에 살고 있다.

와~~!!
진짜
기쁘다!!

흥…
또 쓸데
없는 걸.

압호스 님, 저는
차토구아 님이
보내신 피의
공물입니다….

하나도
안 기쁘다!

…

87

Q. 쇼고스가 뭔가요?

올드 원들이 광기의 산맥에 고대도시를 건설하기 위한 작업자나 전투원으로 만들어낸 봉사 종족이야.

원래는 지성이 없어서 계속 건설 작업이나 집안일, 올드 원과 적대하는 종족들과 싸우기 위한 노예처럼 취급했지.

오랜 시간이 지나면서 쇼고스한테도 서서히 지성이 생겨났고, 마침내 올드 원들이 하는 짓을 참지 못하고 화가 나서 올드 원을 거의 멸망시켰어.

울음소리는 「테켈리 리」. 엄청 귀여워.

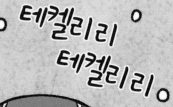

테켈리리
테켈리리

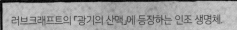

빨리 일 해!

러브크래프트의 「광기의 산맥」에 등장하는 인조 생명체.

초고대에 지구를 지배했던 올드 원이 노동용으로 만들어낸 가변 형상 생명체. 텔레파시로 지배하며, 필요에 따라 몸을 변화시켜서 공작이나 건설을 행했다. 지상을 이동할 때는 몸을 둥글게 만들어서 바르게 굴러간다. 그 속도와 충돌했을 때의 파괴력은 열차 수준. 바닷속에서도 자유롭게 활동해서, 날아온 크툴루와의 싸움에서 활약했다. 처음에는 어디까지나 도구에 불과했지만 마침내 자아가 생겨났고, 최종적으로는 자신들을 만들어낸 올드 원들을 멸망시켰다., 지금은 남극 오지에 잠들어 있는데, 어떤 사교 숭배자는 쇼고스를 소환하는 방법을 알고 있다는 것 같다.

분노

십수억 년 전에 우주에서 지구로 찾아온 독립 종족이야.

노예 종족 쇼고스를 만들어내서 블랙 기업도 새파랗게 질려버릴 정도로 부려먹었지만, 지성이 생긴 쇼고스들의 반란과, 나를 포함해서 지구로 찾아온 다른 종족들과 지구의 패권을 놓고 싸운 끝에 숫자가 줄어들어서 쇠퇴해갔어.

과거의 잘못을 얌전히 반성하고 있는 것 같지만, 광기의 산맥에 있는 석상 도시에서 몰래 새로운 회사를 만들 계획을 꾸미고 있다나 뭐라나.

이번엔 화이트 기업이 되자.

공짜로 일하지 않을래?

그냥 멸망해버려라

테켈리 …

러브크래프트의 「광기의 산맥」에 등장하는 지구의 초고대 종족.

오각형 구조를 가진 식물과 동물의 중간적인 종족으로, 날개가 달렸고 우주를 날아다니는 것도 가능했다. 초고대의 지구를 지배했고 고도의 테크놀로지를 지녔으며, 인간을 포함한 많은 생명체를 만들어냈다. 크툴루족이나 미-고와도 싸우고 살아남았지만, 부리던 쇼고스가 반란을 일으켜서 쇠퇴했다. 그 뒤에 남극 대륙에 잠들어 있었지만, 미스캐토닉 대학 남극 탐색대가 발견하면서 불행한 사건으로 발전한다.

현대 인류인 호모사피언스 입장에서는 이상한 모습이지만, 그들도 문명을 구축하고 생활을 영위했으며 그리고 멸망해버린 「인류」였다.

Q. 림 샤이코스가 뭔가요?

빙산 요새 이킬스에 살았던, 기분 나쁜 얼굴의 그레이트 올드 원이야.

마음에 든 마술사들에게 「나중에 엄청난 지식을 가르쳐줄 테니까 내 신자가 돼라」라는 말로 스카우트해서, 자기가 살고 있는 이킬스에서 셰어하우스로 살게 해(게다가 무료 의식주 포함으로).

외로움을 많이 타는 사신이니까, 그냥 셰어하우스로 살게 해주는 게 아니라 뭔가 다른 꿍꿍이가 있어….

웃는 얼굴의 사신일수록 더더욱 믿으면 안 되는 법이야.

클라크 애슈턴 스미스가 「백색 벌레의 출현」에서 묘사한 기분 나쁜 존재. 신성이라기보다는 초월적인 이형의 존재.

하얀 구더기 같은 거대한 몸을 지녔고, 안와에서는 피범벅이 된 빨간 안구가 끝도 없이 떨어진다.
예언자 리스가 말한 대로 북쪽 끝에서 얼음으로 된 떠다니는 성 이킬스를 타고 남쪽으로 내려와서 하이퍼보리아의 항만도시를 차례차례 얼려버렸다. 또한 각 지역에서 힘있는 마도사들을 잡아서 자기 지배하에 뒀고, 최종적으로는 양분으로 삼았다. 마법의 잠 속에서 림 샤이코스에게 잡아먹힌 자는 몸도 마음도 림 샤이코스의 일부가 된다. 림 샤이코스는 무적의 존재지만, 초승달이 뜨는 기간에는 잠이 들고 그동안에는 무방비해지기 때문에, 칼로 죽여버렸다.

그게 아니야

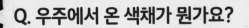

Q. 우주에서 온 색채가 뭔가요?

실체가 없는 색과 빛으로 된 존재인 독립 종족.

우주 어딘가에 존재하는데, 종족을 늘릴 때는 다른 행성에다 낳아놓는 방법을 사용해. 그렇게 낳아놓은 아이는 자기 주변에 있는 것들에게서 양분을 섭취하고, 성장하면 부모가 있는 우주로 돌아가.

특징적인 점이라면 우주에서 온 색채 주위에 있는 곤충이나 인간을 포함한 생물들은 모양이 이상해지거나, 어렴풋하게 그들 같은 색과 빛을 내기도 해.

러브크래프트가 동명의 작품에 등장시킨 정체불명의 존재.

1882년 6월, 아캄 교외에 있는 농장, 나훔 가드너의 집 우물과 가까운 곳에 떨어진 운석. 미스캐토닉 대학의 교수 일행이 조사하는 중에 점점 작아지더니 사라져버렸다.

그 뒤에 가드너의 집 주변의 생태계에 이상이 발생하고, 가드너와 가족들도 심신에 이상이 벌어지게 된다. 우물 속에 숨어 있는 무언가는, 주변에서 생명 에너지를 빨아들인 뒤에 최종적으로는 기묘한 색이 되어 우주로 돌아갔다. 가드너의 집이 있던 주위는 「마의 황무지」라고 불리는 황폐한 땅이 되어버렸고, 그 뒤에 아캄의 수원을 만들기 위한 댐이 건설되면서 물에 잠겨버렸다.

파워 업

Q. 운'트세-캄블이 뭔가요?

창과 오래된 인장이 조각된 방패를 들고 있는 엘더 갓 중에 하나, 싸우는 여신이야.

사신들을 전부 유폐시킬 때 별 한복판에 눈이 있는 마크인 「엘더 사인」을 고안한 것도 이 사람 이라고 들었어.

부하이자 사신의 부활을 저지하기 위해 활동하고 있는 별의 전사들도 조금 두려워할 만큼 엄격한 분위기가 감돈다고 하지만, 꽤 소녀 같은 부분도 있다나 봐.

엘더 사인

러브크래프트가 죽은 뒤에 어거스터 덜레스가 눈여겨본 제2세대 작가 게리 마이어스의 「벌레의 저택」에서 이름만 언급되는 신성.

아쉽게도 마이어스의 작품은 거의 번역되지 않았다. 운'트세 캄블은 자신을 둘러싼 화려한 빛을 이용해 여러 세계를 파괴한 여신의 이름이라고 한다.

사신과 싸우고 쓰러트리는 싸움의 여신으로, 로브를 걸치고 그리스풍 투구를 썼으며, 커다란 방패와 창을 들었다. 드림랜드 내부에서 널리 숭배하고 있다. 사신들과 싸우는 것만이 목적인 여신으로, 사신을 봉인하는 〈엘더 사인〉도 그녀가 만들어냈다고 한다.

사신들을 제거, 봉인하기 위해 만들어진 「엘더 사인」을 고안한 것도 그녀라고 전해진다.

운'트세 캄블. 누구보다 정의를 사랑하고, 우주 전체에 만연한 사신들이 두려워하는 엘더 갓 중에 하나.

그거라면 이미 생각해뒀다.

별의 전사

운'트세 캄블 님. 「엘더 사인」의 디자인은 어떻게 할까요.

바스트낭

괜찮으냐..? 역시 아냐

야옹이

야옹

이거다.

그게 아니다! 이쪽이다!!

핵

…예?

Q. 바스트가 뭔가요?

고양이 모습이나 고양이 머리가 달린 여성의 모습인 엘더 갓 중에 한 마리?

고대 이집트의 부바스티스라는 도시와 로마 제국에서 숭배했다는 것 같은데, 현재는 주로 드림랜드에서 숭배하고 있어.

운'트세 캄블처럼 지금은 사신들을 감시하는 입장이라는 것 같은데, 그렇게 열심히 일하지는 않고 마음 내키는 대로 살고 있다는 것 같아.

평소에는 느긋한 성격이지만, 고양이를 괴롭히는 사람이 있으면 엄청나게 화를 낸다는 것 같아.

크타니드 님이다냥!

아니여!

바스트(바스테트)는 고양이 머리를 한 이집트의 여신이며, 헤로도토스가 소개할 때 부바스티스라고 표기했다. 부바스티스는 바스테트 신앙의 중심이었던 고대 도시의 이름이며, 이집트어로 페르 바스토, 아라비아어로는 텔 바스타(양쪽 모두 「바스트 신의 집(신전)」이라는 뜻)라는 말이 변형된 것이다.

이집트에 관심이 있었던 러브크래프트는 고양이의 지혜를 칭송하기 위해 부바스티스의 이름을 사용했지만, 로버트 블록은 「부바스티스의 혈통」에서 고양이 신 부바스티스를 피비린내나는 식인 신으로 만든 데다, 이집트에서 탄압하고 신앙을 금지당한 사교도들이 기원전의 브리튼 섬 콘월로 도망쳤다는 설정을 덧붙였다.

정신은 다른 곳에

지구에 숨어 있을 가능성도 커져서…

골 골 골

…그런 일이 있었고, 사신들의 움직임이…

쭈 욱~

양산 비용을 생각해보면…

엘더 사인을 더 양산한다는 건은…

호암~

노덴스 님과 크타니드 님도 찬성하셨습니다만…

빤히 보기

ㅋㅋㅋ

그래.

저기… 운'트세 캄블 님… 듣고 계십니까? 바스트 님도…

니알라토텝을 섬기는 봉사 종족이야.

드림랜드의 달 뒷면에 있는 도시에 사는 코에 핑크색 촉수가 나 있는 하얀 괴물이지.

별명은 「달 찐빵」…이 아니라 「문 비스트」라고도 불러.

렝 고원에 사는 렝 고원인이라고 부르는 부족을 대리인으로 삼아서 노예무역을 하거나, 삼지창으로 약한 상대를 괴롭히는 게 취미라나 봐.

그나저나 참 쫀득쫀득하네, 이 달 찐빵.

푸욱 푸욱

드림랜드의 달에 사는 짐승 같은 이형의 생물이며, 문 비스트라고도 한다.

러브크래프트의 「미지의 카다스를 향한 몽환의 추적」에 등장하는 크리처 중의 하나로, 니알라토텝을 섬긴다. 회색이 감도는 흰색에 기름기가 있는 커다란 몸을 지닌 생물이며, 눈이 없는 두꺼비와도 닮았고, 애매한 모양의 코 끝에는 핑크색의 짧고 떨리는 촉수가 모여서 자라나 있다.

몸의 용적을 줄이거나 부풀릴 수 있다. 검은 갤리선을 타고 우주를 여행하는데, 항구에 도착해서도 배 밑바닥에 숨어 있고, 인간과의 교섭에는 노예인 렝 부족의 남자를 이용한다. 달에 식민지를 만들어서 살고 있으며, 지적 생물 노예를 부리기도 잡아먹기도 하고, 즐거움을 얻기 위해 고문하기도 한다.

피리 놀이

Q. 구울이 뭔가요?

고기가 아니네···

들개 같은 얼굴의 아인형 봉사 종족이야.

지하철이나 묘지, 드림랜드 등 이 세상 곳곳에 숨어 있어.

묘지 같은 데서 썩은 고기를 뒤지면서 사람들 몰래 살아가고 있는, 크게 해를 끼치지 않는 종족이지.

식시귀(食屍鬼)의 신 모르디기안을 숭배하거나 지하 우상계 사신 뇨그타의 팬 활동을 하기도 해.

구울이야   저쪽이 더 눈에 띄네···

모르디기안

구울은 아라비아의 신화 전승에 등장하는 시체를 먹는 마물이다. 남녀를 구분하는데, 여성은 구울라라고 부른다.

시체를 먹기 때문에, 일본에서는 식시귀(食屍鬼)로 번역되는 경우가 많다. 『천일야화(아라비안 나이트)』의 애독자였던 러브크래프트는, 「픽맨의 모델」에서, 구울들이 보스턴의 지하에 살고 있으며 묘지나 지하 납골당, 지하철 노선에서 생물의 사체를 먹으며 살아가고 있다고 했다. 구울과 계속 접촉하면 마침내 구울이 된다.

구울을 그린 화가 픽맨이 구울이 됐고, 「미지의 카다스를 향한 몽환의 추적」에서 드림랜드에 사는 구울의 리더가 되어 있었다.

모델

Q. 거그족이 뭔가요?

팔이 네 개 달리고 날카로운 이빨이 수직으로 늘어선 입을 가진 독립 종족이야.

생긴 게 흉악한 데다 키가 6미터나 되다 보니 세상에 무서운 게 없을 것 같지만, 유일하게 구울을 무서워해.

「시체 고기를 먹는 구울은 징그러워서 싫어」라는 것 같아. 네가 할 말이냐고 해주고도 싶지만, 생긴 것과 다르게 의외로 섬세한 애들인지도 몰라.

원래는 지상에 살았지만, 지금은 드림랜드 땅속에 원기둥 모양 석상 도시를 짓고서 꽃을 키우면서 살고 있어.

지하인데, 꽃이 잘 자라려나…?

러브크래프트의 「미지의 카다스를 향한 몽환의 추적」에 등장하는 크리처.

거그족은 드림랜드의 지하에 사는 털북숭이 육식 거인으로, 키가 6미터나 되고 팔꿈치 아래쪽이 두 갈래로 갈라진 팔을 가졌다. 가장 큰 특징은 머리에 원래 가로로 벌어져 있어야 할 입이 세로로 벌어져 있어서, 사냥감을 먹을 때는 머리가 가운데를 중심으로 좌우로 벌어진다. 소리를 내는 기관이 없어서 얼굴 표정만으로 대화하기 때문에, 같은 거그족끼리만 커뮤니케이션이 가능하다.

예전에는 마법의 숲에 원 모양으로 배치된 돌기둥을 세우고 다른 별의 신과 기어오는 혼돈 니알라토텝에게 산제물을 바쳤지만, 그 끔찍한 의식을 알게 된 지구의 신들이 지하로 쫓아버렸다. 지하에 거대한 돌을 이용한 도시를 만들었다. 꿈꾸는 인간을 좋아하지만, 최근에는 가스트를 먹으며 살고 있다.

자존심

> ## Q. 가스트가 뭔가요?

거그가 사는 석상 도시 근처에 사는, 동네 불량배 같은 성격의 괴물이자 독립 종족이야.

작은 말 정도 크기고, 얼굴은 코와 이마가 없는 사람처럼 생겼어.

크기가 작지만 흉포해서 구울이나 자기 키보다 몇 배나 되는 거그한테도 주저하지 않고 덤비지.

햇볕에 닿으면 죽어버리니까, 그걸 잘 알아 둬.

뭘 봐
짜샤

러브크래프트의 「미지의 카다스를 향한 몽환의 추적」에 등장하는 드림랜드의 크리처.

빛에 닿으면 죽기 때문에 햇빛이 들어오지 않는 진의 지하 깊숙한 곳에 살고 있다.
캥거루 같은 뒷다리를 이용해서 빠르게 뛰어다닌다. 몸 크기는 말과 비슷하고, 손에는 대략 60cm 정도 되는 무시무시한 갈고리 발톱이 있다. 육식 거인 거그가 사냥해서 먹이로 삼기 때문에 거그를 증오하고, 무리를 이뤄서 거그를 공격하는 경우도 있다. 「크툴루 신화 TRPG」에서는, 러브크래프트가 헤이젤 힐드를 위해서 대필한 「고분」의 지하 세계에서 가축화된 갸아-요튼을 가스트와 비슷한 종족이라고 한다.

또한 영어에서 「가스트」는 고스트와 비슷한 「유령 같은 사람을 놀라게 하는 무서운 존재」를 뜻하는 말인데, 그런 이미지가 포함됐을 가능성도 있다.

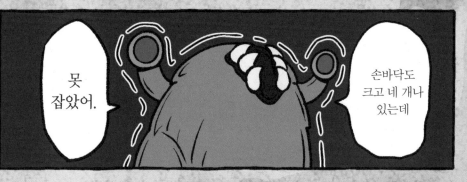

Q. 울타르의 고양이가 뭔가요?

드림랜드에 있는 울타르라는 고양이들의 마을에 사는 고양이 독립 종족을 뜻해.

인간들 편이고, 사신이나 그 부하들에게 공격당하는 사람을 보면 군세를 이끌고 도와주러 달려와. 드림랜드 안에서만.

특히 사신 니알라토텝은 고양이도 아니면서 말끝에 「니아~」를 붙이는 것 때문에 싫어하는 것 같아.

러브크래프트의 초기 작품 『울타르의 고양이』에 등장하는 고양이.

드림랜드, 스카이강을 거슬러 올라가면 나오는 울타르의 마을에는, 절대로 고양이를 죽여서는 안 된다는 말이 전해진다. 그것은 고양이가 에집투스(이집트)에서 온 현명하고 마력을 지닌 생물이고, 스핑크스의 말도 이해하기 때문이라고 한다. 하지만 이 마을에는 재미로 고양이를 죽이던 부부가 있었는데… 라는 내용의 다크 판타지. 데뷔하기 전인 1920년에 썼고, NAPA의 회보인 Tryout에 게재된 이후, 1926년에 위어드 테일즈에 게재됐다. 이 당시에 주목했던 영국의 환상작가 로드 던세이니의 영향이 크게 보였지만, 훗날 로드 던세이니 본인이 러브크래프트의 독자성을 높이 평가했다. 이 고양이들은 그 뒤에 『미지의 카다스를 향한 몽환의 추적』에서 크게 활약한다.

캣틀루

Q. 노덴스가 뭔가요?

돌고래가 끄는 조개껍질 전차를 타고 나타나는 할아버지
고, 엘더 갓 중에 하나야.

드림랜드 같은 데서 사신 때문에 힘들어하는 사람이 없는
지 순찰하고는 해.

「미지의 카다스를 향한 몽환의 추적」에서는 노덴스
가 인간을 도와준 탓에, 카다스의 니알라토텝이
자기를 둘러싸고 있는 신들한테 화풀이를 했다
는 에피소드가 유명해.

나마코가 그리는 노덴스한테는 뭔가
숨겨진 설정이 있는 것 같은데,
과연….

푸욱

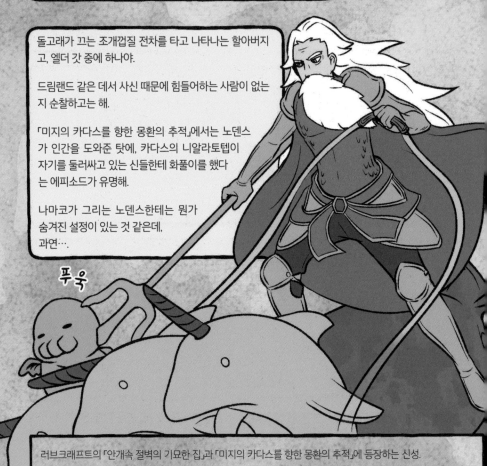

러브크래프트의 「안개속 절벽의 기묘한 집」과 「미지의 카다스를 향한 몽환의 추적」에 등장하는 신성.

전자는 킹스포트를 무대로 삼은 환상 단편으로, 〈절대 심연의 주인〉 노덴스는 어디까지나 그리스 로마 신화에 등
장하는 바다의 신 넵튠과 흡사한 바다의 신으로 취급됐다. 모델은 켈트의 어로와 치유의 신 노덴스이며, 이름의 뜻
은 「붙잡는 자」 3~4세기 영국에서 신앙의 대상으로 삼았으며, 글리스터셔주의 리드니에서 신전 터가 발견되었다.
아서왕 이야기에 나오는 어부왕, 아일랜드의 은 팔의 누아다와 관계가 있다. 후자는 니알라토텝과 대항하는 엘더
갓으로 여겨졌고, 이후 엘더 갓의 필두라는 설정이 추가된다. 돌고래 등에 커다란 조개껍질을 얹고 그 위에 올라탄,
하얀 수염을 기른 남자 신이다.

체포

Q. 우보-사틀라가 뭔가요?

「자존(自存)하는 근원」이라고도 불리는 아우터 갓이야.

확실한 형태가 없는 모습의 사신이고, 지구상에 탄생한 생명체는 전부 우보-사틀라가 만들어냈다고도 해.

즉, 인간의 진짜 조상이라는… 으엑.

우보-사틀라 주위에는 신들의 지혜가 기록된 커다란 석판이나 잡동사니들이 질척질척한 뭔가에 묻혀 있기도 하면서 굴러다니고 있어.

질척질척 속에 집어넣은 채로 잊어버리는 일이 많다 보니, 사신들 사이에는 우보한테 뭔가를 빌려주지 않는 게 좋다는 이야기도 있어.

클라크 애슈턴 스미스가 같은 이름의 단편에서 창조한 신성.

우보-사틀라는 시작이자 끝이라는 의미. 지구가 막 생겨났을 무렵부터 존재했고, 증기가 뿜어 오르는 태초의 늪지 속에 사는 머리도 손도 발도 없는 혼돈의 덩어리에서, 지구의 모든 생명체들의 원형을 낳았다.

자존하는 근원이라고도 불리고, 지구상의 생명은 모두 언젠가 우보-사틀라 안으로 돌아간다고 한다.
그 주위에는 별에서 잘라낸 석판들이 줄지어 있고, 지혜들이 기록되어 있다고 한다. 그 뒤에 린 카터가 아자토스와 쌍둥이인 궁극의 존재라고 했으며, 그레이트 올드 원들의 부모라고도 했다.
우보-사틀라는 엘더 갓의 서고에서 〈옛 기록〉을 훔쳤고(이것이 별의 석판), 거기서 얻은 힘으로 지구를 엘더 갓의 세계에서 현재의 우주로 이동시켰다. 지금은 엘더 갓의 지혜를 빼앗기고 아쿠아에 봉인되어 있다.

찾아낸 물건

Q. 샨타크새가 뭔가요?

드림랜드의 렝고원과 가까운 산에 있는 새 같기도 하고 말 같기도 한 모습의 봉사 종족이야. 니알라토텝을 섬겨.

사람을 태우고 이동할 수도 있지만, 일단 올라타면 아자토스의 궁전으로 직행해버릴 위험이 있어. 정말로 우주여행을 가고 싶다면, 초콜릿 같은 걸 주면 좋아할지도 몰라.

간지러워서 그런지 나이트 곤을 싫어하고, 걔들이 있는 데는 가까이 가지 않으려고 하는 것 같아.

러브크래프트의 「미치의 카다스를 향한 몽환의 추적」에 등장하는 드림랜드의 크리처 중에 하나.

샨타크새는 코끼리보다 크고 말 같은 얼굴을 가졌으며 비늘이 달린 끔찍한 큰 새로, 드림랜드 북방에 있는 렝고원 근처 산악지대에 나타난다. 니알라토텝을 섬기며, 카다스로 가는 사람한테는 가장 큰 위험이지만, 니알라토텝의 도움을 받을 수만 있다면 이 샨타크새를 타고 우주를 여행하는 것도 가능하다.

랜돌프 카터는 이것을 탔다가 아자토스의 옥좌로 끌려갈 뻔했다.
마찬가지로 니알라토텝을 섬기는 렝 고원인은 이것을 길들여서 타거나 짐을 운반하는 데 쓰기도 하고, 그 거대한 알을 교역품으로 이용하고 있다. 어째선지 나이트 곤을 무서워해서 그들에게는 가까이 가지 않는다.

시승

Q. 크토니안이랑 슈드 멜이 뭔가요?

전 세계의 땅속에 숨어서 계속 터널을 파고 있는 독립 종족이야.

오징어 같기도 하고 애벌레에 수많은 촉수가 달린 것 같은 모습인데, 긴 세월에 걸쳐서 크게 성장한 개체는 슈드 멜이라고 불리고, 크토니안들이 수장으로서 숭배하고 있어.

여기저기에 파놓은 터널 때문에 지진이 일어나기도 해.
크툴루 신화에서 지진을 일으키는 존재라고 하면 제일 먼저 생각나는 신화 생물이지.

크토니안은 브라이언 럼리의 「땅을 뚫는 마」에 등장하는 크리처로, 윌마스 재단이 지하 서식형 「크툴루 권속 사신군(CCD)」의 일종으로 정의했다.

슈드 멜은 최장로라고 할 수 있는 존재. 중앙아프리카 사막에 묻혀 있는 지하 도시 그한을 본거지로 삼고, 지하 1000마일에 가까운 깊은 곳에 사는 오징어 같은 거대 생물이며, 성체가 되면 크기가 약 1마일(1600미터)에 가까워진다. 아프리카를 비롯한 전세계의 지하에 서식하며, 지각 내부의 고열에도 견딜 수 있지만, 물을 싫어하기 때문에 섬나라인 영국이나 일본에는 존재하지 않았다. 땅속에서 텔레파시로 인간을 조종해서 자신들을 위해 움직이게 만든다. 성충은 지진을 일으킬 수 있다. 성충은 대부분 지표 가까운 곳까지 올라오지 않지만, 유충이나 알은 열에 약해서 지표 가까운 곳에서 발견되는 경우가 있다.

Q. 바이아크헤가 뭔가요?

하스터를 섬기는 봉사 종족이야.

금색 벌꿀 술이라고 불리는 특수한 음료를 마신 뒤에 이상한 모양의 돌 피리를 불면서 하스터를 찬양하는 주문을 외우면 바이아크헤가 찾아와서, 성간 비행 여행에 데려가 줘.

엉덩이에 있는 벌꿀 술이 든 탱크가 비면 움직이지 못하게 되니까, 남은 연료에 주의해야 해.

하스터랑 친하지 않은 나나 우리 신자들은 승차를 거부한다는 것 같아….

금색 벌꿀 술

어거스트 덜레스의 연작 「영겁의 탐구」에 등장하는 크리처.

하스터의 권속이며, 성간 우주를 날아다닐 수 있는 박쥐 날개를 지녔고, 인간을 태워서 운반할 수 있다.
이것을 소환하려면 호우호우 하는 소리를 내는 돌 피리를 불고 소환 주문을 외워야 한다. 또한 우주의 진공으로부터 몸을 지키기 위해, 사전에 황금 벌꿀 술(스페이스 미드)을 마셔둬야 한다.

이 크리처는 러브크래프트의 「축제」에 등장하는 기괴한 비행 생물을 바탕으로 만들었는데, 그쪽의 묘사에 의하면 까마귀, 두더지, 대머리 독수리, 개미, 썩어 문드러진 시체를 섞어놓은 것 같은 무언가라고 한다.

영국의 한 고성에서 길버트 모리라는 마술사가 키우고 있던 그레이트 올드 원이야.

바이아티스는 자신에게 주는 밥과 과자에 대한 보답으로 다른 그레이트 올드 원들과 대화하게 해줬다는 것 같아.

먹을 게 부족했는지 성에서 빠져나와 주변에 사는 사람들을 집어먹었는데, 결국 살이 너무 쪄서 성에 있는 방에서 나가지도 못하게 돼버렸다는 것 같아.

나도 급할 때 르뤼에에서 빠져나가지 못하면 안 되니까 조심해야겠다… 우물우물.

로버트 블록의 「별에서 온 요충」에서 언급되고, 존 램지 캠벨의 「성의 방」에 등장한 신성.

전자에서는 「벌레의 신비」에 적혀 있는 주문 중에 「뱀 수염 바이아티스」라는 기술이 있다고 한다. 이그와도 관련이 있다는 것 같다. 후자에서는 브리체스터 교외에 있는 세번 계곡에 나타난 끔직한 숲의 괴물이며, 외눈에 게 같은 집게발, 코끼리 같은 코, 얼굴은 바다의 마물 같으며, 뱀 같은 수염이 자라 있다.
고성의 비밀 방에 봉인되었고, 버클리 두꺼비 전설의 일부가 되었다. 망각의 신이라고도 불리며, 딥 원이 만든 신상을 향해 예배를 드려서 소환할 수 있다. 오랜 봉인기간 동안에 많은 사람을 잡아먹었고, 지하실 안에 다 들어가지 못할 정도로 거대해졌다.

파티

와~~~!!

오늘은 셋이서 파자마 파티를 하자.

먹자, 먹자.

과자 먹자

와작와작

POKI POKI

그리고 데굴데굴 타임~~

데굴데굴데굴

난 모른다 니아.

계속 그리고 있었더니, 방에서 나가지도 못 하게 됐어… 도와줄래?

도와줘

조용히 하세요

나랑 똑같이 생긴 엘더 갓 중에 하나야.
똑같이 생겼지만, 눈만은 자비롭게 빛나는 금색이고.

인간들이 「착한 크툴루」라고 부른다나 뭐라나….

신들의 나라 엘리시아에 있는 크리스탈과 진주
궁전에 자리 잡고서, 매일같이 수정구슬을 통해
사신들의 동향을 감시하고 있어.

사신 때문에 화가 났을 때는, 눈에서 빛의 파괴 광
선을 쏴서 공격하는 상당히 귀찮은 녀석이야.

어
브
비

브라이언 럼리의 「타이터스 크로우의 귀환」에 등장하는 엘더 갓 중에 하나.

럼리의 설정에 의하면 노덴스가 아닌 크타니드가 엘더 갓의 리더라고 하며, 크툴루 등의 사신들을 봉인한 것도 크
타니드라고 한다. 그 외모는 맑고 깨끗한 크툴루 그 자체.

럼리의 설정에서는 크툴루와 크타니드는 원래 형제였고, 크툴루를 포함한 그레이트 올드 원이라고 불리는 사신들
은 전부 엘더 갓의 일부였다. 하지만 그 강대한 힘에 취해서 부패하고 사악한 존재로 타락했기 때문에 크타니드를
비롯한 엘더 갓이 그들을 봉인했고, 자신들은 엘리시아에 은둔하고 있다.
엘리시아의 여신 티아니아는 크타니드의 피를 물려받았다.

점

Q. 밀리-니그리가 뭔가요?

차우그나르 파우근이 형언하기 힘든 점토 같은 것을
빚어서 만든 검은 피부의 소인 봉사 종족이야.

차우그나르가 로마 군과의 싸움을 피하기 위해,
밀리-니그리들에게 자신을 중앙아시아의 츠앙고
원으로 옮기게 했어.

길고 험난한 여정이었는지, 밀리-니그리들이
투덜대는 말과 함께 무용담을 늘어놓고 싶어
했는데, 걔들은 말을 할 수가 없다는 것 같아.

차우그나르 너 설마, 그래서 입을….

러브크래프트의 꿈에 등장했던 종족으로, 프랭크 벨냅 롱이 「공포의 산」에서 도입했다.

피레네 산맥에 있던 사신 차우그나르 파우근과 그 형제들이 두꺼비의 몸으로 작고 검은 모습의 종족을 만들어내어
종자로 삼은 것. 그 몸은 인간을 닮았지만 말을 할 수 없으며, 그들의 생각은 곧 차우그나르 파우근의 생각 그 자체
였다.

그들은 오랫동안, 차우그나르 파우근을 섬기고, 매년 3월 1일과 11월 1일에 이단의 제사를 올린다.
여름이 되면 산에서 내려와 주변 마을에 있는 상인과 거래하지만, 말은 전혀 통하지 않는다.
식민도시 폼페이오 때문에 로마 제국군이 이 종자들을 쫓아서 피레네에 쳐들어왔을 때, 예언에 따라 사신을 모시
고 산에서 내려와 아시아 지역으로 이동했다.

125

Q. 이호트가 뭔가요?

하얗고 커다란 몸에 눈이 여러 개 달린 모습의 그레이트 올드 원. 쫀득쫀득해!

「미궁의 신」이라는 호칭대로, 영국 세번 골짜기에 있는 미로 같은 구조의 터널 안에 숨어 있어.

미로 안에서 인간을 발견하면 잡아서 「가족이 되자」고 제안해.

거절하면 쫀득쫀득 어택으로 눌러 죽이고 받아들이면 인간의 몸에 알을 심는데, 며칠 뒤에 자식들이 인간의 몸을 뚫고 나와서 죽어.

뭐, 어쨌거나 죽네.

존 램지 캠벨의 단편 「Before the Storm」에 등장하는 신성.

무수히 많은 눈으로 뒤덮인, 거대한 타원형에 옅은 파란색의 젤라틴 같은 육체를 지닌 괴물로, 수천 개나 되는 살이 없는 뼈 모양의 발로 몸을 지탱하고 있다. 영국 세번 골짜기, 또는 브리체스터의 폐가 지하에 숨겨진 미궁 속에 산다. 그곳에 들어온 인간과 마주치면, 이호트는 자신을 받아들일지 죽을지를 묻는다. 인간이 받아들이면 그들의 몸에 자신의 알을 심는다.

알이 부화하면 인간 숙주의 몸을 뚫고 밖으로 나온다. 「글라키 묵시록」에 의하면, 인류가 멸망한 뒤에 이호트의 자식이 햇볕이 비치는 곳으로 나와서 인류의 뒤를 이어 지구를 지배한다고 한다.

「크툴루 신화 TRPG」에서는 이호트의 새끼 군체가 사람 모양으로 위장하는, 이호트의 후손이라는 설정이 있다.

특기

Q. 이골로냑이 뭔가요?

손바닥에 입이 있는, 머리가 없는 모습의 그레이트 올드 원이야.

타락할 소질이 있는 인간에게 신자가 되라고 설득하기도 하는, 적극적인 사신이지.

「자신은 손을 쓰지 않고 신자가 악행을 행하게 해서 세상을 악한 방향으로 이끌기」와 「밤에 맛있어 보이는 라면을 먹고 SNS에 사진을 올려서 자랑하기」를 좋아하는 것 같아. 「글라키 묵시록」 제12권에 있는 얼룩이, 혹시…

「이골로냑의 아이들」이라고 불리는 어린아이 크기의 봉사 종족이 있어.

맛있겠다~

존 램지 캠벨의 「콜드 프린트」에 등장하는 신성.

인간 모습으로 변할 수도 있지만, 원래 모습은 지방처럼 물렁물렁한 몸을 가진 사람 모양이며, 머리에 해당하는 부분이 없고, 양쪽 손바닥에 있는 입으로 사냥감을 잡아먹는다.

「글라키 묵시록」 제12권에 의하면 「크툴루의 수하조차도 이골로냑에 대해서는 말할 용기가 없다」고 할 정도로 무시무시한 존재라고 한다. 땅속의 심연을 지나면 나오는 벽돌 벽 안쪽에 숨어 있고, 눈이 없는 종자를 거느리고 있다. 일단 그 이름이 세상에 나타나면 인간 세상을 돌아다니기 위해 모습을 드러내고, 사신들이 부활할 때까지 사람들 마음속에 있는 사악한 심성을 자극한다. 「글라키 묵시록」을 손에 넣은 자는 자기도 모르는 사이에 이골로냑의 대사제가 되고, 그때까지 빛나는 이와 함께 걷게 된다.

새로운 얼굴

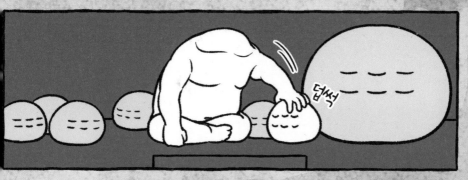

Q. 뇨그타가 뭔가요?

「존재해선 안 될 것」이라고도 불리는, 새까만 색의 타르 상태의 정해진 형태가 없는 모습의 그레이트 올드 원이야.

지구 어딘가의 땅속이나 동굴에 살면서, 매일같이 지하 우상 활동을 하고 있어.
마술사와 마녀는 물론이고, 구울 팬들도 많다는 것 같아.

구호는 「당신의 마음을 움켜쥘 거야」.
사신의 말씀이다 보니, 왠지 의미심장하네.

크아이가의 남동생… 어, 남자야?.

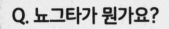

♪ 바크-비라 주문은 거꾸로 외워줘 부탁할게 ♪

와—

아

뇨그땅—!

와—

헨리 커트너의 「세일럼의 공포」에 등장하는 신성.

시커멓고 비단벌레처럼 빛나는 젤라틴 같은 정해진 형태가 없는 존재로, 〈어둠 속에 깃든 자〉 뇨그타라고 불린다. 1692년 경, 이상하게 죽은 세일럼의 마녀 애비게일 프린이 삼각형 뿔이 달렸고, 벌레가 파먹어서 정체를 알 수 없는 신상을 사용해서 숭배했다고 한다. 정해진 비밀 바위문이나 균열을 통해서 소환할 수 있다.

뇨그타를 퇴치할 수 있는 것은 앙크 십자가, 바크-비라 주문, 티쿤 영약이다.
「크툴루 신화 TRPG」에서는 살상력이 강한 주문 「뇨그타의 움켜쥐기」를 연상하는 플레이어가 많지만, 이것은 캠페인 시나리오 「니알라토텝의 가면」에 등장한 TRPG 오리지널 주문이다.

쇼킹 하트

거대한 초록색 외눈 주위에 시커먼 촉수가 잔뜩 나 있는 그 레이트 올드 원. 뇨그타의 형이야.

독일 플라이하우스갈텐이라는 한촌에 있는 「어둠의 언덕」 지하에 봉인돼 있어.

인간 모습의 분신을 마을에 보내서 마을 사람들이 하는 봉 인 의식을 방해했고, 그렇게 해서 어떻게든 부활하 려고 했지만, 아직 부활했다는 얘기를 못 들은 걸 보면 잘 안 되는 모양이야.

가끔씩 눈이 빨간색인 건, 아마 컬 러 렌즈. 항상 멋에 신경 쓰고 있어.

크아이가는 에디 C 버틴의 작품 「Darkness, My Name is」에 등장하는 신성이고, 일본에서는 주로 『크툴루 신화 TRPG』의 설정을 통해서 알려져 있다.

공중에 떠 있는 거대한 녹색 눈으로서 나타난 뒤에 밤보다 여두운 어둠 그 자체가 흘러 나오고, 마침내 그 어둠이 촉수가 된다. 독일에서 목격됐고, 「주인의 눈」이라고 불렸다. 독일 서부 플라이하우스갈텐이라는 마을 외곽에 있는 어둠의 언덕 지하에 봉인돼 있다. 봉인은 5개의 석상으로 형성된 〈엘더 사인〉이다. 뇨그타의 형이라고도 하며, 마 술적인 힘과 관계되었다는 소문도 있다.

마이너 체인지

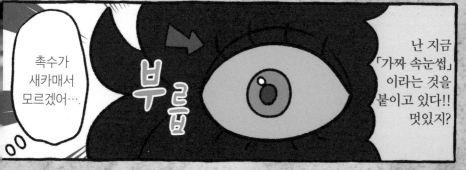

Q. 글라키가 뭔가요?

영국 브리체스터 교외에 있는 호수에 숨어 있는 그레이트 올드 원. 민달팽이한테 가시를 달아놓은 것처럼 생겼어.

원래는 우주 여기저기를 여행하면서 집을 찾고 있었다는 것 같은데, 타고 있던 운석이 우연히 지구에 떨어졌고, 그 충격 때문에 생긴 호수에 살기로 했다나 봐.

글라키의 촉수에 찔린 사람은 좀비가 돼서 글라키를 섬기게 돼.

그런데 최근에는 호수에 있던 인간을 꼬드겨서 좀비로 만들려고 했더니 토마호크로 반격을 당했고, 그래서 트라우마가 생겨서 신자를 늘리는 걸 자제하고 있다나 봐.

호수로 오세요~

으어

으어
으어

존 램지 캠벨의 「호반의 주민」 등에 등장하는 신격.

영국 글로스터셔, 브리체스터 교외의 세번 골짜기에 있는, 운석이 낙하해서 생긴 호수 바닥에 살고 있다. 정신파를 보내서 인근 주민들에게 악몽을 꾸게 한다. 이 꿈은 상당히 무섭지만, 마침내 희생자는 그 꿈에 매료돼서 호수 쪽으로 가게 된다. 글라키는 호수 가까이 다가온 희생자를 기괴한 가시로 찌르고, 시체를 좀비처럼 조종한다. 햇볕을 받으면 「녹색의 붕괴(그린 디케이)」를 일으키기 때문에, 해가 진 뒤에만 행동할 수 있다. 글라키는 「타그 라크타의 역각도」에서 왔다고 한다.

글라키와 동료들은 운석을 도시화하고 탈것으로 삼아서 오랫동안 우주를 돌아다녔는데, 마침내 운석이 지구에 떨어진 데다 운석 안에 있던 글라키 혼자만 살아남았다. 고츠우드에서 온 토마스 리가 이끄는 신도들이 글라키 교단을 만들었고, 호반에 정착했다.

촉수 체험

어이 쿠…

토마호크 사건이 트라우마가 돼서, 가시가 다 빠져버렸어.

수북

시험 삼아 크아이가한테서 빠진 촉수라도 달아볼래?

짜자자잔

사신 글라이가 탄생

잘 됐다 니아~!

오오, 가시만큼은 아니지만 이것도 좋은데.

Q. 트쵸-트쵸인이 뭔가요?

쑹고원 지하에 유폐된 사신 로이거와 차르를 돌보면서 활동하고 있는 봉사 종족이야.

사신을 섬기면 언젠가 자기들도 머리카락이 풍성해질 거라고 믿고 있어.

아니, 그거 털이 아니거든.
크아이가 더 좋지 않아?

사신 부활을 계획하고 있었지만, 별의 전사들이 잔뜩 혼내줬어.
그 뒤에는 해산됐지만, 이번에는 일본 홋카이도 같은 곳에서 새로운 조직을 만들려고 한다나 봐.

풍성…

어거스트 덜레스가 마크 쇼러와 합작한 「별의 자손의 소굴」에 등장한 끔찍한 쌍둥이 신성 로이거와 차르를 섬기는 종족.

미얀마 오지에 있는 쑹고원의 〈공포의 호수〉 속에 떠 있는 연석으로 만든 석조도시 알라오자르에 산다. 키가 작아서, 약 4피트(120cm)를 넘지 않는다. 돔 모양의 둥글고 머리카락이 없는 머리에 이상하게 작은 눈이 특징. 알라오자르에 다가가는 자를 모조리 번쩍이는 칼로 죽여버리기 때문에, 주변 주민들이 두려워하고 있다. 그레이트 올드 원의 사신들이 남긴 종자에서 발생한 종족으로, 로이거와 차르를 부활시키려 하고 있지만, 엘더 갓이 보낸 별의 전사들이 알라오자르를 공격했다.

이심전심

그는 텔레파시로 로이거와 의사소통이 가능하다.

트쵸-트쵸인의 수장으로, 나이가 7천 살이 넘는 에포라는 존재가 있다.

바들바들

바들바들

로이거 님과 차르 님, 오늘은 뭘 드시고 싶으신지요?

예… 그렇군요.

바들바들

형, 난 푸딩이 먹고 싶어

난 초코케이크가 먹고 싶어!

텔레파시가 하나도 안 통했잖아!!!

「무지 매운 마파두부」 나왔습니다!

30분 뒤

Q. 나이트 곤이 뭔가요?

드림랜드에 사는 얼굴 없는 악마처럼 생긴 봉사 종족이야.

생긴 건 악마 같지만, 엘더 갓 노덴스를 섬기다 보니 사신에 대해 적대적 정신을 가지고 있어. 하지만 노덴스가 폭력적인 짓은 하면 돼~ 라고 명령했기 때문에, 얘네들 공격방법은 바로! 「간지럼 태우기」 (다른 방법은 생각이 안 났기 때문이겠지…)

간질
간질

러브크래프트의 시 「유고스의 균류」와 장편 「미지의 카다스를 향한 몽환의 추적」에 등장하는 괴물. 야귀(夜鬼)라고도 한다.

러브크래프트의 어린 시절 악몽을 구현한 크리처. 얼굴이 없고 날개가 달린 인간형 괴물로, 전체적으로 칠흑색이고 박쥐 날개와 배배 꼬인 뿔, 바늘처럼 생긴 돌기가 달린 꼬리. 몸은 고래 가죽과 비슷한 고무 상태.

드림랜드에 있는 엔크라네크를 지키며, 침입자를 붙잡아서 간지럽힌 다음에 골짜기로 던져버린다. 구울과는 동맹 관계라서, 그들을 태우고 날아다니기도 한다. 노덴스를 섬기는 봉사 종족.

러브크래프트가 어린 시절에 꿨던 악몽에 바탕을 둔 존재로, 5살 때 돌아가신 할머니 장례식의 어두운 분위기, 그리고 아버지의 서고에서 발견한 존 밀턴의 「실낙원」에 있던 악마 그림(귀스타프 도레)이 발상의 바탕일 것이라고, 러브크래프트 본인이 서간에서 말한 적이 있다.

면회

체포된 노덴스를 면회하러 온 종자 나이트 곤.

설마 아무도 믿어주지 않고, 체포까지 당할 줄은….

할아버지 모습에서 미청년으로 바꼈을 뿐인데

…픕

미…

……

얼굴이 없어서 다행이다…!

우, 웃을 리가 없죠!!

…야, 너 웃었냐 …?

Q. 다올로스가 뭔가요?

기하학적이고 복잡한 모습을 한 아우터 갓이야.

「베일을 찢는 것」이라고도 불러.
다올로스를 소환한 자는 그의 힘을 빌려서 현실 세계의
진짜 구조를 알 수 있어.
그런 걸 굳이 알 필요가 있나 싶지만.
한마디로 인간의 눈을 통해서 보는 세계가 진짜
모습이 아닐 수도 있다는 뜻이야.

인간이 다올로스의 모습을 똑바로 쳐다보면,
너무 정신이 없어서 바로 미쳐버린다나 봐….

「다올로스를 소환할 때는 방을 어둡게 하고 멀리
떨어져서」가 룰이라는 것 같아.

존 램지 캠벨이 「베일을 찢는 것」에서 창조한 신성.
마도서 「글라키 묵시록」에 의하면 고차원의 다른 별 세계에서 숭배하는 신의 일종으로, 유고스나 톤도에서는 「베일을 찢는 것」이라고 부른다. 고대 아틀란티스에서도 점성술을 관장하는 신으로서 숭배했다. 소환자에게 과거와 미래를 내다보고, 물질이 고차원에 이를 수 있는지를 이해하게 해준다.
25차원이라고도 하는 고차원 세계에서 온 꿈의 결정체로 소환할 수 있으며, 흑마술의 비밀 의식을 이용한 「모든 차원의 오망성/펜타클즈 오브 더 플레인즈」로 그것을 붙잡아서 명령을 내릴 수도 있지만, 인간에게 모습을 보여서는 안 되는 존재고, 소용돌이 속에 있는 모습을 보려고 했을 경우, 3차원의 존재가 고차원의 존재를 3차원의 기준으로 보려고 하는 것만으로도 미쳐버리고 만다. 소환된 다올로스는 버석버석하는 소리를 내면서 이동하고, 소환자의 각오를 확인하기 위해서 피를 약간 빼앗는다. 보통, 차원의 문이 심야의 암흑 속에서만 소환된다.

소금 맛

예,
잘 부탁
드려요.

버석버석

이제 와서
하는 말인데,
인간을 배려해서
방을 어둡게 하고
다올로스
선생이랑 얘기
하는 거야.

정말이에요.
사실은 지금도
사정이 있어서
팽창돼 있지만,
방이 어두워서
안 보이네요
(웃음).

버석버석

다올로스
선생은
소환되면
몸이 팽창해서
뚱뚱해진다던
데, 정말이야?

니아~ 방이
왜 이렇게
어두운 거니아?

아…

버석버석

포테이토칩

달
깍

칼럼

속

「러브크래프트 약력」

러브크래프트는 이런 아마추어 저널리즘과 관련된 교제를 통해서 많은 편지를 주고받게 됐고, 그중에는 회람식 동인지도 있었다.

L. 스프라그 드 캠프의 자서전에서는, 적어도 10만 통 이상의 편지가 오갔다고 한다.

그중에 대부분이 폐기됐지만, 지금도 수천 통이 남아 있고 브라운 대학에 보존돼 있다.

1919년 봄, 어머니 사라가 병에 걸려 정신병원에 입원했고, 1921년 5월에 사망했다. 러브크래프트는 상당히 좌절했다. 하지만 같은 해 7월, NAPA의 모임에서 소니아 그린이라는 연상의 사업가 여인과 만났고, 1924년에 뉴욕으로 옮겨갔다. 그의 결혼 생활은 소니아의 건강 문제로 위기에 처했고, 소니아의 전직 때문에 별거하게 되었다. 러브크래프트는 프로비던스로 돌아가서 숙모들과 같이 살게 됐다.

이 전후로, 러브크래프트는 1922년에 『위어드 테일즈』를 통해 데뷔했고, 이후 간판 작가 중에 하나가 되었지만, 작품 수가 적은 데다 단편이 많아서, 생전에 출간된 책은 겨우 1권뿐이었다. 소니아와 이혼한 뒤에는 평생 프로비던스를 본거지로 활동했다. 1915년부터 문장 첨삭 일을 했는데, 그쪽이 본업이라고 보는 견해도 있다.

아마추어 저널리즘의 영향으로 『위어드 테일즈』의 작가들과도 빈번하게 편지를 주고받았고, 자신이 쓴 작품을 친구에게 보여주고 의견을 묻는 경우도 많았다.

편지를 통해서 작품의 아이디어에 대한 이야기를 나누고, 조언을 하고, 종종 서로의 아이디어를 자신의 작품에 반영했다. 캘리포니아에 사는 시인인 클라크 애슈턴 스미스에게 환상 소설을 써보도록 권하기도 하고, 스미스가 생각한 사신을 자신의 작품에 등장시킨 것도 그런 사례 중에 하나다.

늦은 나이에 데뷔했다는 사실을 마음에 두고 있던 러브크래프트는, 19세기 영국풍 문장에 취미가 있기도 해서 젊은 작가 앞에서는 나이든 사람처럼 구는 경우가 있기도 했지만, 항상 위트 있는 대화를 나눴다. 팬에서 작가가 된 로버트 블록과 직접 만난 적은 없지만 상당히 사이가 좋아서, 블록이 자신의 작품에서 러브크래프트를 모델로 삼은 인물을 죽여도 되는지 물었을 때는 거창한 허가증을 써줬으며, 그 작품에 대한 답가라고 할 수 있는 「어둠 속을 헤매는 것」을 썼다. 1937년, 장암으로 추정되는 장기 질환으로 입원했고 3월 15일에 사망했다.

블록에게 보낸 답가가 그의 유작이 됐지만, 발표하지 않았던 작품과 창작 메모가 다수 발견됐다.

마찬가지로 러브크래프트를 신봉했던 젊은 작가 어거스트 덜레스가 러브크래프트의 작품집을 출판하기 위해 많은 출판사에 연락했지만 좋은 결과를 얻지 못했고, 결국 본인이 도널드 완드레이와 함께 출판사 「아캄 하우스」를 세워서 러브크래프트와 동세대 작가들의 작품을 출판했으며, 러브크래프트의 창작 메모를 바탕으로 사후 합작을 집필했다. 덜레스의 활약 덕분에 러브크래프트의 작품이 이 세상에 남게 됐다고도 말할 수 있다.

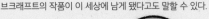

마도서와 이야기의 무대

크툴루 신화에 등장하는 것 중에 가장 유명한 마도서야.

아랍의 미친 시인 압둘 알하즈레드가 서기 730년경에 썼다는 것 같아.

다양한 사신에 대해서 폭넓게 적혀 있는 고마운 책이지만, 그런 책이나 사본이 돌아다니는 걸 제정신 가진 사람이 용서할 리가 없으니까, 옛날에는 발매가 금지되기도 했어.

하지만 괜찮아. 지금은 아마존 같은 인터넷 사이트에서도 간단히 구입할 수 있으니까.

편하게 사신을 소환할 수 있다니, 좋은 세상이네.

다수의 크툴루 신화 작품에 등장하는 가공의 마도서.

7세기 무렵, 사나 출신의 미친 시인 압둘 알하즈레드가 쓴 마도서 「알 아지프」를 라틴어로 번역한 제목. 일본어로는 「사령 교전」 등으로 번역된다. 아지프는 아라비아에서 마신이 외치는 소리라고 여겼던, 밤에 우는 벌레의 불길하게 들리는 소리를 뜻한다. 러브크래프트가 「무명 도시」에서 2행시를 인용한 뒤로, 크툴루 신화에 대해 조사할 때의 전거(典據)로 활용한 가공의 마도서. 동료 작가들이 자기 작품에 등장시키기 시작하면서 1927년까지 「네크로노미콘의 역사」라는 설정 메모를 작성했다.

동료와 후계 작가들이 네크로노미콘을 편리하게 사용하면서, 다양한 언어와 형태의 네크로노미콘이 탄생했다. 「이슬람의 카논」 같은 다른 제목의 네크로노미콘 파생본도 다수 존재하며, 현실 세계에서도 네크로노미콘을 재현한 책이 다수 만들어졌다.

Q. 에이본의 서는 어떤 책?

하이퍼보리아의 마술사 에이본이 쓴 마술서야.

에이본은 사신 차토구아를 숭배했고 시중을 들었어.
그래서 차토구아에 관한 건 뭐든지 적혀 있지.
차토구아의 출신 별이라든지 가족 구성이라든지…
사신의 사생활까지 열심히 적은 에이본의 열기가 무섭기까지 해.

차토구아 이외의 〈기타 사신〉에 대해서도 뭐… 어느 정도 적혀
있어.

차토구아 님의
가족은 그분과
그분이 있고…

클라크 애슈턴 스미스가 창조한 가공의 마도서.

하이퍼보리아에 있던 대마도사 에이본이 남긴 마술적 기록이다. 초고대부터 전해져 내려오는 것으로, 그 「네크로
노미콘」에도 존재하지 않는 암흑의 비밀 의식이나 사신들의 비밀이 적혀 있다.
스미스는 중세 남부 프랑스에 있었던 아베르와뉴를 무대로 삼은 환상 단편에서도 이 책을 등장시켰고, 「상아의 서」
라고 불렀다. 그 뒤에 린 카터가 러브크래프트를 따라서 「에이본의 서의 역사와 연표」를 집필했다. 또한 린 카터의
저작권 관리인인 로버트 M. 프라이스가 「에이본의 서」와 관련된 단편을 모아서 『에이본의 서』를 간행했다.

Q. 시식교전의는 어떤 책?

1702년경에 프랑스의 델레트 백작이 쓴 여러모로 위험한 책이야.

어떤 내용이냐면, 뭐, 시체 먹는 종교라는 제목만 봐도 알잖아…. 삐—(규제)한 방법으로 죽은 사람을 먹기도 하고, 삐—(규제)를 하면서 죽은 사람을 먹기도 하고, 삐…(생략).

구울한테는 필독본이라는 것 같더라고.
(억지로 끝냈음)

이거 이상한 책 아니거든요

프랑스의 귀족 델레트 백작이 18세기 초에 썼다고 전해지는 끔찍한 책.

「Cultes des Goules(구울의 신앙)」이라는 원제를 보면 알 수 있듯이, 식시귀(구울)이라는 이단자들과 그 교단이 지니고 있는 이단의 비밀이 묘사되었다고 한다. 마술서로서도 가치가 있고, 읽으면 구울의 말을 알 수 있게 된다고 한다. 구울을 사랑한 로버트 블록이 창조했고, 그 뒤에 러브크래프트와 덜레스가 사용했다. 원래 이 세 명이 주고받은 편지에서 나온 아이디어고, 델레트 백작은 덜레스의 조상이라는 설정이다. 풀네임에는 두 가지 설이 있는데, 프랑소와 오노르 발포어의 경우에는 1703년에 프랑스어판을 썼고, 1724년에 은둔하던 아르덴에서 기괴한 죽음을 맞이했다.
덜레스 자신은 본인의 셜록 홈즈 패러디 작품에서 다른 이름을 언급했다.

Q. 수신(水神) 크타아트는 어떤 책?

저자 불명.

제목만 봐도 알 수 있겠지만 크툴루나 딥 원, 다곤, 하이드라 같은 물 계열의 사신들과 권속에 관해서 적혀 있는 마도서야.

그리고 끔찍한 사람 가죽으로 씌운 책.

책을 손에 들어보면 「오, 제목에 물 얘기가 들어 있어서 그런지 왠지 축축하네~」라고 생각할 수도 있는데, 이 마도서는 습도가 내려가면 표면에서 땀을 흘린다고도 해.

그러니까, 그거 그냥 땀이라는 얘기야.

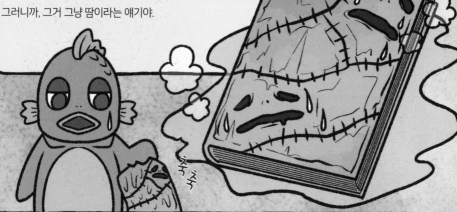

브라이언 럼리가 창조한 마도서. 「심해의 함정」, 「벌레의 왕」, 「빌리의 참나무」 등에서 언급했다.

라틴어판은 사람 가죽으로 장정을 해서, 만져보면 축축한 느낌이 든다.
저자의 이름은 알려지지 않았다. 이 라틴어판은 세상에 세 권밖에 없는데 대영박물관에 한 권, 다른 한 권은 타이터스 크로우가 소지했고, 나머지 한 권도 영국 어딘가에 있다고 한다. 라틴어판은 제목을 바탕으로 「크타아트 아쿠아딘젠」이라고도 한다. 포나페섬의 딥 원 등 수중 생명체나 괴이들을 연구한 책으로, 다곤과 하이드라의 존재에도 주목하고 있다. 크툴루와 오툼 같은 물의 신들을 소환하는 마술을 설명하고 있다.
원전은 고트어와 르뤼에어로 적혀 있다고도 한다.

Q. 무명 제자서는 어떤 책?

본 윤츠가 쓴 마도서. 「검은 책」이라고도 해.

1893년에 독일에서 발매됐는데, 저자가 밀실에서 변사했기 때문에 바로 발행이 금지됐어.

사신에 관한 건 물론이고 세계 각지의 비밀교단에 관한 내용도 적혀 있다는 것 같아.

그리고 검은 책이라는 이름대로 표지는 새카맣고, 쇠로 장정했대. 멋있다~

아, 검은 돌과 골 고르스 얘기도 있네… 표지랑 내용이 너무 다르다!!

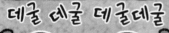

로버트 E. 하워드가 창조한 마도서. 「검은 돌」 등에 등장.

독일인 신비학자 본 윤츠가 세계 곳곳을 돌아다니면서 보고 들은 괴이한 현상이나 상황을 정리한 책으로, 표지가 검은색이라서 「검은 책」이라고도 불린다. 본 윤츠는 이 책을 쓴 이후, 두 번째 책을 집필하던 중에 기괴한 죽음을 맞이했다. 남겨진 원고를 읽은 친구도 면도칼로 목을 베서 자살했다.

「검은 책」은 1839년에 뒤셀도르프에서 초판이 간행됐고, 지금은 6권만이 남아 있다고 한다.
오리지널은 1000페이지가 넘는 두꺼운 책이고, 대부분이 어새신 교단이나 인도의 범죄집단, 남미의 재규어 결사 등 각지에 있는 비밀교단을 연구한 내용이지만, 고대의 비석이나 비밀 종파의 교전을 필사한 것으로 여겨지는 고대 문자 같은 것도 포함되어 있다. 내용에는 「포나페 경전」과 일치하는 것이 있다.

Q. 르뤼에 이본은 어떤 책?

저자 불명.

수신 크타아트와 마찬가지로 표지는 사람 가죽이야.
그리고 적혀 있는 내용도 비슷하지만, 주목할 점은 크툴루 교단의
활동 거점이 적혀 있다거나, 해저 도시 르뤼에를 방문했을 때 반드
시 봐둬야 할 곳들의 정보나 여행 안내가 적혀 있어.

한마디로 「관광 가이드」야.

크툴루 신앙에 관한 이단서. 원제가 The R'lyeh Text다 보니 「르뤼에 문서」라고 하는 경우가 많은데, 「크툴루 신화
TRPG」에서는 이본(異本)이라고 표기한다. 어거스트 덜레스가 만들어낸 마도서로, 「하스터의 귀환」에서 아캄에 사
는 호사가 에이모스 터틀이 중국인한테서 10만 달러를 주고 구입한 책이 등장한다. 현재의 가격으로 따지면 1억
엔 이상의 금액이다. 터틀이 가지고 있던 판본은 사람 가죽으로 장정한 것이었다. 이 에피소드를 바탕으로, 기원전
300년경의 점토판이 원전이고 그 뒤에 중국어로 번역됐으며, 여기서부터 파생된 것이라고 한다.

「영겁의 탐구」에 등장하는 미스캐토닉 대학의 라반 쉬류즈베리 교수는, 이 책을 바탕으로 원시시대 신화에 관한 논
문을 집필했다.

> ## Q. 셀라에노 단장은 어떤 내용?

크툴루를 비롯한 사신들에 대한 이야기야.
엘더 사인의 디자인 아이디어 같은 것들이 적혀 있는 석판의 내용을, 어딘가의 까만 테 안경 아저씨가 옮겨 쓴 소책자.

그 석판들은 하스터의 지배 지역 중에 하나인 셀라에노 대도서관에 있어.

옛날에 우보 씨(우보-사틀라)가 엘더 갓의 세계에 있는 도서관에서 몇 개를 훔친(본인 말로는 「빌렸다」고) 것 때문에 엘더 갓들이 엄청 화가 났었대.

도서관에서 빌린 책은 꼭 반납해야 해.
사신이지만 가끔은 상식적인 말도 하지?

어째선지 고양이 낙서가 그려져 있어….

반납 날짜 지났다…!!

도서 대여 카드

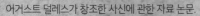

어거스트 덜레스가 창조한 사신에 관한 자료 논문.
「영겁의 탐구」에 등장한 미스캐토닉 대학의 라반 쉬류즈베리 교수가 황소자리 플레이아데스 성단에 소속된 항성계 셀라에노에 존재하는 신들의 대도서관에 있는 석판의 문언을 영어로 번역하고 정리한, 반으로 접는 형식의 소책자. 미스캐토닉 대학 도서관에 보관돼 있다. 보통 셀라에노 문서라고 하면, 셀라에노 대도서관에 있는 신들의 비밀이 적힌 석판들을 말한다.
그레이트 올드 원들이 엘더 갓에게서 훔친 것으로, 인류가 절대로 알 수 없는 암흑 신들의 비밀과 초고대의 지식이 기록되어 있다. 셀라에노는 실제로 존재하는 항성이지만, 최근에는 그 이름의 바탕이 된 그리스 신화의 여신 켈라이노(「어둠」이라는 뜻이며, 하르퓌아 세 자매 중에도 이 이름을 가진 자가 있다)의 이름에 빗대서 켈라에노, 켈레노라고 발음하는 사람도 있다.

Q. 벌레의 신비는 어떤 책?

1542년에 루드비히 프린이라는 연금술사가 쓴 마도서야.

검은 표지에 철 장정…(어라, 어디서 봤는데)
내용은 아버지 이그, 어두운 한, 뱀의 수염을 기른 바이아티스 등의
사신들에 대해 적혀 있어.

그리고 왠지는 모르겠지만, 소환하면 피를 실컷 빨아먹고서 바로 우
주로 돌아가는 별에서 온 요충에 대해서도 적혀 있어.

킥킥

주로 로버트 E 하워드의 작품에 등장하는 마도서. 벨기에의 고명한 마술사 루드비히 프린이 옥중에서 집필했다. 그
의 여행 견문록도 포함된 끔찍한 기록이며, 전반은 사령(死靈) 등의 괴기 현상에 대해 다루고, 후반은 프린 자신이
보고 들은 중동 지역의 끔찍한 풍속 등에 대해 설명하고 있다.

특히 「사라센인의 의식」 부분에서는 이집트 신들의 배경에 있는 끔찍한 비밀을 언급하고, 니알라토텝 외에 악어 신
세베크에 대해서도 다룬다.

그 성립과 설정 제작에는 러브크래프트와 클라크 애슈턴 스미스와 주고받은 편지 내용이 크게 영향을 줬으며, 크툴
루 신화에 이집트 신화를 받아들이는 데 큰 역할을 했다. 프린은 1541년에 포박당했고, 옥중에서 이 책을 쓴 뒤에
처형당했지만, 1542년에 벨기에에서 인쇄됐다. 곧바로 교회에서 금서로 지정했고, 20세기에는 단 15부만이 남아
있다고 한다.

1842년에 영국에서 사신 글라키를 숭배하는 신자들이 이어 쓰는 형태로 만들어진 여러 권으로 구성된 마도서.

내용은 글라키, 바이아티스, 이골로낙 등, 영국에서 활동하는 신화 생물에 대해 적혀 있어.
그리고 12권을 읽으면 자동으로 주문이 발동해서 이골로낙을 소환해. 뭐야 그 함정은.

글라키 묵시록 복사본은 신자 대부분이 가지고 있고, 속편을 열망하고 있다는 것 같아.

신간은 아직인가요?

Revelations of Gloaki

터치 OK

묵시록 신간 나왔습니다

존 램지 캠벨이 창조한 마도서. 「호반의 주민」에서 처음 등장한 이후로 캠벨의 작품에 등장했다.

영국 남동부 브리체스터 지방 세번 골짜기의 호수 밑에 숨어 사는 사신 글라키를 숭배하는 종교집단이 19세기 중반에 탄생했고, 그 신자들이 이계의 사항에 대해 노트에 계속 써내려간 것. 1865년경 교단에서 유출되었으며, 불완전한 9권 구성인데, 이 시점에서 이미 11권까지 있었다는 설도 있고, 나중에 계속 이걸 써서 12권 이상까지 존재한다는 설도 있다. 최소한 「다른 차원 통신기」에서는 살아 있는 다른 차원의 소리 같은 종족 스'르궤(S'lghuo)인을 언급한 해적판 9권이, 「콜드 프린트」에서는 이골로낙을 언급한 제12권이 등장하며, 그 일부는 고서점이나 대학 등으로 흘러 들어갔다고 한다.
한때는 브리체스터 대학에 있었다고도 전해진다.

Q. 나코트 필사본은 어떤 책?

저자 불명.

원래 뭐라고 적혀 있는 건지도 모르는 책이었지만, 북극권에 있는 로마르 왕국 사람이 인간들 언어로 번역했어.

로마르 사람들이 노프케한테 멸망 당한 뒤에 마지막 한 권이 드림랜드로 들어왔고, 지금은 울타르의 오래된 물건들과 함께, 신전에 있는 사제 아탈이 보관하고 있다나 봐.

이스의 위대한 종족, 이타콰, 란-테고스 등, 무슨 기준으로 고른 건지 모를 신화 생물에 대해 적혀 있어.

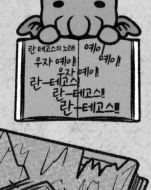

란 테고스의 노래 예이! 예이!
우자 예이! 예이!
우자 예이!
란-테고스
란-테고스!!
란-테고스!!!

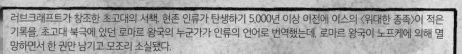

러브크래프트가 창조한 초고대의 서책. 현존 인류가 탄생하기 5,000년 이상 이전에 이스의 〈위대한 종족〉이 적은 기록을, 초고대 북극에 있던 로마르 왕국의 누군가가 인류의 언어로 번역했는데, 로마르 왕국이 노프케에 의해 멸망하면서 한 권만 남기고 모조리 소실됐다.

마지막 한 권은 드림랜드의 울타르 사원에 있다고도, 바르자이가 소유하고 있다고도 한다.
거기에는 〈위대한 종족〉이나 차토구아, 카다스에 관한 단서들이 적혀 있다고 한다.
완전한 것은 이 한 권뿐이지만, 일부만 필사한 사본이나 단장(斷章)이 여러 곳에 존재하며, 프로비던스의 〈별의 지혜파〉의 본부가 있던 곳에도 한 권이 존재한다고 전해진다.

미스캐토닉 대학에 보관된 것은, 그리스어판 「나코티카」를 영어로 번역한 것이라고 한다.

> ## Q. 아캄은 어떤 곳인가요?

매사추세츠주에 있는 항구도시야.

사신 광신자가 살고 싶은 도시 랭킹 No.1.
아마도 매일같이 어디선가 신화적 사건이 발생하고 누군가가 발광하고 있어서, 아캄 정신병원에는 많은 인간들이 수용돼 있다는 것 같아.

교외에 운석이 떨어지고 홍수가 나고 전염병이 돌고, 그리고 내가 크게 화가 나서 사흘 동안 폭풍에 지진, 싸락눈이 억수같이 쏟아지게 한 적이 있는데, 그래도 큰 피해만 났을 뿐이고 어째선지 멸망하지는 않았어.

네크로노미콘이 놓여 있는 미스캐토닉 대학이 유명해.

러브크래프트 작품의 무대로 자주 사용된 매사추세츠주의 항구도시.

마녀 재판으로 유명한 세일럼과 러브크래프트 자신이 살았던 프로비던스를 모델로 삼았다. 뉴잉글랜드 지방의 오래된 도시의 정취가 남아 있다. 시내에는 식민지 시대의 전통을 이어받은 맞배지붕 저택들도 남아 있다.

또한 시내에 미스캐토닉 대학이 있고 이 대학은 많은 신화 작품의 무대가 되었는데, 이것은 러브크래프트가 살았던 프로비던스에 있는 브라운 대학을 모델로 삼은 것이다. 언덕이 많은 시내에는 오래된 교회가 있다. 마녀 재판으로 유명한 세일럼과 가까운 곳에 있고, 마녀 재판을 피한 「진짜 마녀와 마법사」가 이 도시에서 숨어 살았다는 전설이 있다.

Q. 인스머스는 어떤 곳인가요?

인스머스 외형을 한 주민과 딥 원들이 사는 오래된 항구 도시야.

길먼 하우스라는 작은 호텔과 「다곤 비밀 수도회」라고 크게 적혀 있는 협회랑 편의점이 하나 있어.

일본에도 비슷한 이름의 도시가 있고, 어떤 유명한 일본인 배우가 그 마을에 방문해서 딥 원들에게 「죽도록 후한 접대」를 받았다는 이야기가 있어.

러브크래프트의 「인스머스의 그림자」에서 무대가 된 매사추세츠주 에식스 카운티에 있는 마뉴셋강 하구의 한적한 어촌. 예전에는 조선이나 해운업이 발달했었지만, 영미전쟁 이후로 쇠퇴했다. 교역선 선장이었던 오벳 마시가 폴리네시아에서 가져온 바다의 사신 다곤을 섬기는 신앙의 거점이 된다.

다곤 비밀 교단이라고 불리는 이 종파의 강요로 어획과 황금을 대가로 딥 원과 교잡한 결과 주민 대부분이 끔찍한 모습의 혼혈이 되어버렸고, 그 물고기 같은 외모를 인스머스 외형이라고 불렀다.

1927년에 FBI와 미군이 공동으로 강제 수사를 해서 많은 주민들을 격리했고, 「악마의 암초」라고 불리는 앞바다의 암초를 어뢰로 공격했다. 현재 상황은 다루는 작품마다 다른데, 지금도 격리되어 있다는 설과 모종의 실험장이 되었다는 등의 설이 있다. 매사추세츠주 뉴버리포트, 글로스터를 모델로 삼았다고 한다.

남극 오지에 있는 커다란 산맥이야.

올드 원이 쇼고스에게 명령해서 건축한 초고대 문명 도시의 유적이 있지.
지금은 살아남은 올드 원들과 배회하는 쇼고스들과 눈이 퇴화한 하얀 펭귄들이 아장아장 걸으면서 얼쩡대고 있어.

인류가 가보지 못한 땅이지만, 1930년대에 「미스캐토닉 대학 남극 탐험대」가 빌견하고 탐색하던 도중에 우연히 쇼고스랑 마주쳤고, 쫓아오는 쇼고스한테서 죽어라 도망쳤어.

러브크래프트의 「광기의 산맥」에 등장하는 남극 오지의 초대형 산맥 지대.

미스캐토닉 대학 남극 탐험대가 발견했다. 초고대의 남극에는 식물과 동물 양쪽의 특성을 가진 종족 「올드 원」이 지구에서 가장 오래된 문명을 구축했고, 뛰어난 바이오 테크놀로지로 인류를 포함한 다채로운 생명체를 만들어냈다. 그 뒤에 그들은 자신들의 도구로서 만들어낸 연체 생명체 쇼고스의 반란 때문에 멸망했고, 광기 산맥 내부에 있는 그들의 도시 유적 안쪽에는 지금도 쇼고스가 남아 있다.

브라이언 럼리의 「광기의 지하 회랑」에 의하면, 광기 산맥 자체를 올드 원의 기술로 전이해버렸기 때문에, 지금은 남극에 존재하지 않는다고 한다.

Q. 무명도시는 어떤 곳이죠?

이라크와 쿠웨이트 부근 사막에 있는 환상 같은 도시.

도시 전체의 천장이 낮아서, 기어 다니는 악어 같은 생물이 살았다나 봐.

옛날에는 크툴루 신앙이 유행했다는 것 같지만 지금은 아무도 없고, 하스터가 멋대로 자기 영역으로 삼았다나 봐.

…어, 난 처음 듣는데.
(뭐, 아무도 없으니까 됐어)

줍다~

러브크래프트의 같은 이름의 단편에 등장하는 전설적인 지하 도시. 아라비아 반도 남부, 룹알할리 사막 어딘가에 존재하는 곳이며, 이슬람교의 성전 「쿠란」에 의하면, 알라의 분노에 의해 멸망했다고 하는 기둥의 도시 이렘과 같은 곳으로 추정되기도 한다.
그 지하로 들어가는 입구는 천장이 상당히 낮아서, 사람이 선 채로 걸어 지나갈 수가 없다.
남겨진 벽화에 의하면, 이 도시의 주민은 인간이 아니라 네 발로 걷는 종족이었다고 한다.
그들은 멸망했지만, 사실은 멸망한 게 아니라 영체가 돼서 살아 있다는 설도 있다.
마도서 「네크로노미콘」에 있는 「죽지 않은 그것은 영원을 존재할 수 있으나, 기묘한 영겁 속에서는 죽음마저 죽지 모른다」는 구절은, 그들 고대 파충류 인류를 가리키는 것이라고도 한다.

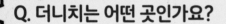

Q. 더니치는 어떤 곳인가요?

도와줘요
아빠
ㅡ!

매사추세츠주 북부 구릉지대에 있는 한적한 마을.

마을 언덕에 의미를 알 수 없는 원형으로 둘러선 돌기둥이 있고, 마을 주민들이 피하던 마술사 휘틀리와 딸 라비니아의 아들 윌버 군이 차원 저편에 있는 뭔가를 부르려고 했어.

어느 날, 투명한 괴물이 마을 여기저기를 파괴하고 다녔지만, 미스캐토닉 대학에서 온 유능한 괴물 버스터즈가 마을의 평화를 되찾아줬어.

러브크래프트의 「더니치 호러」의 무대가 된 매사추세츠주의 변경 마을.

아캄에서 에일즈베리 도로를 타고 서쪽으로 가서 매사추세츠주 북부를 여행하는 사람이, 딘스 코너를 지났을 즈음에 길을 잘못 들면, 언덕을 올라가서 망해가는 변경 마을로 들어가게 돼버리는데, 그곳이 더니치다. 완만한 언덕에 농가가 드문드문 있고, 그 너머에는 선주민족의 유적이 있는 센티넬 언덕과 라운드산이 보인다. 이곳의 주민이었던 휘틀리는 마술사의 후손으로, 백화증에 걸린 딸 라비니아를 이용해서 다른 세계의 사신 요그 소토스의 자식을 낳게 했지만, 미스캐토닉 대학의 아미티지 교수 일행이 물리쳤다.

Q. 르뤼에는 어떤 곳인가요?

바다 깊은 곳에 있는 크툴루의 집이야.

지구에 왔을 때 35억 년 대출을 받아서 지은 마이 홈인데, 지금은 다곤을 비롯한 권속들, 이소그타와 조스 옴모그 같은 애들이랑 살면서 잠들어 있어.

이상하고 유클리드하지 않은 기하학적 외형을 하고 있어서 정신이 미쳐버릴 수도 있겠지만, 괜찮다면 한번 놀러 와. 솔직히 말해서, 봉인에서 부활시켜주세요.

방문
판매
사절

초인종
↓

르뤼에는 러브크래프트의 『크툴루의 부름』에 등장하는 고대 도시인데, 바닷속에 가라앉아 있고 크툴루가 봉인되어 있다. 남위 47.9, 서경 126.43에 가라앉아 있다고 하며, 이스터섬 앞바다에 있다고도 하는데, 『크툴루의 부름』에서는 르뤼에로 추정되는 고대 도시가 미크로네시아에 있는 포나페섬 앞바다로 떠올랐다고 해서, 서경과 동경을 착각한 것이 아닌가도 생각된다.

고대 무 대륙의 도시로 추정되며, 유클리드 기하학으로는 설명할 수 없는, 미친 것 같은 곡선과 각도로 형성된 거대 석조 건축물이 젖은 점액과 끔찍한 해초로 뒤덮여 있다. 포나페섬은 난마돌 유적으로 유명한 곳이며, 르뤼에의 위치로 추정되는 곳 중에 하나. 『인스머스의 그림자』와 어거스트 덜레스의 『영겁의 탐구』에서는 이쪽으로 언급되고 있다.

Q. 드림랜드는 어떤 곳인가요?

놀이동산…은 아니고.

잠들어 있는 동안에 갈 수 있는 환상세계야.
「환몽경(幻夢境)」이라고도 불러.

드림랜드에 갈 수 있는 인간을 「꿈꾸는 사람」이라고 해.

이 세계에는 다양한 인종과 괴물, 도시가 있는, 한마디로
판타지한 세계인데, 카다스의 니알이라든지, 꽤 저명한
신화 생물들도 살고 있어.

카다스의
니알

후후후…

이 문어
무겁다…

「미지의 카다스를 향한 몽환의 추적」 등, 러브크래프트의 여러 작품에서 그려진 꿈속에만 도달할 수 있는 또 하나
의 환상 세계.

「하얀 범선」, 「울타르의 고양이」, 「셀레파이스」, 「또 다른 신들」 등의 초기 단편에서 그려진 환상 세계가. 랜돌프 카
터가 나오는 「실버 키」와 그 속편 같은 의미를 지닌 장편 「미지의 카다스를 향한 몽환의 추적」에서 통합되어갔다.
꿈속 어딘가에 있는 계단을 770계단 내려간 곳에 있고, 꿈꾸는 힘을 지닌 카터가 큰 모험을 한다.

이 이야기는 당시에 크게 유행했던 히로익(Heroic) 판타지에 대한 러브크래프트 나름대로의 시도였지만 정작 본
인은 작품에 만족하지 못했다. 그래서 생전에는 발표하지 않았고, 사후에 공개되었다.

Q. 킹스포트는 어떤 곳인가요?

아캄에서 가까운 고풍적인 건물들이 많은 해안 도시야.

여름 관광지로도 유명하지만, 숨어 사는 마녀와 광신자들이 우글거린다는 것 같으니까 조심해. 특히 율(Yule)의 날이 되면 협회 지하에서 사신을 찬양하는 파티가 열리고, 사신을 소환하는 페스티벌 같은 것도 한다나. 재미있겠다.

러브크래프트의 「축제」에 등장하는 매사추세츠주의 오래된 항구 도시.

세일럼의 마녀재판을 피해서 이주한 마법사 일족이 100년에 한 번, 율의 날(고대 켈트의 역법으로 동지. 크리스마스도 여기에 맞춰서 정해졌다)에 모여서 교회 지하에 숨겨진 공간에서 비밀 의식을 행한다. 「무서운 노인」에서 처음 등장했고, 「안개 속 절벽의 기묘한 집」에서는 절벽 위에 오래된 기묘한 집이 있는데, 그 집이 다른 세계와 이어져 있다. 엘더 갓의 수장인 노덴스가 드나든다고도 한다. 킹스포트는 1922년 12월에 러브크래프트가 여행차 들렀던 매사추세츠주의 마블헤드를 모델로 삼았다. 이 도시는 살아 있는 식민지 시대 박물관이라고도 한다.

Q. 크툴루 신화 작품은 어떤 것부터
   읽어야 하나요?

지금부터 크툴루 신화 작품을 읽기 시작할 거라면, 몇 가지 선택지가 있어.

일본의 경우 러브크래프트의 작품은 도쿄소겐샤(東京創元社)에서 나온 문고판 「러브크래프트 전집」에 대부분의 작품이 수록돼 있어서 포괄성이 높고, 구하기도 쉬워.

국서간행회(国書刊行会)의 「정본 러브크래프트 전집」도 잘 다루고 있지만, 지금은 입수하기가 힘들어.

제1세대와 제2세대 작가의 크툴루 신화 작품은 세이신샤(青心社)에서 나온 「암흑신화대계 크툴루」나, 국서간행회에서 나온 「신편 크 리틀 리틀 신화 대계」에서 다루고 있고, 최근에는 브라이언 럼리와 램지 캠벨 등의 장편도 일본어 번역이 진행되고 있어.

21세기에 들어서서 러브크래프트 작품의 새로운 번역판도 나왔고, 후쇼샤문고(扶桑社文庫)의 「크툴루 신화로의 초대」라든지 세이카이샤(星海社)의 「크툴루의 부름」은 현대적인 번역문과 해설을 원하는 사람한테 좋아!

이호트와 크아이가는 「크툴루 신화 TRPG」에서는
유명하지만, 현재 등장 작품이 일본어로 번역되지 않았다….

러브크래프트 선생님에 관한
토막지식

러브크래프트 토막지식① 고양이를 좋아했다.

러브크래프트 선생님은 고양이를 엄청나게 좋아했어.
「울타르의 고양이」라는 작품에서는 고양이를 괴롭힌 사람들이 험한 꼴을
당하는 이야기를 쓰기도 했지

유명한 일화인데, 어느 날 밤에 고양이가 러브크래프트 선생님의 무릎 위
에서 잠들어버렸고, 그걸 깨우기가 불쌍하다는 이유로 밤새도록 의자에
앉아 있었다나 봐.

러브크래프트는 고양이를 아주 좋아해서, 에세이 「고양이와 개」(1926)에서 고양이는 귀족, 우아함, 긍지의 상징이
며, 여러 면에서 고양이가 개보다 뛰어나다고 주장했다.
또한 본인도 애묘가여서 검은 고양이를 키웠는데, 상당히 아꼈다고 한다. 폴 훅의 회상기에 의하면, 러브크래프트
가 사망하기 10여 년 전에 러브크래프트가 그의 집을 찾아와서 밤늦게까지 이야기를 나눴는데, 새끼 고양이가 러
브크래프트의 무릎 위에서 잠들어버렸다. 인쇄업자로 일하던 훅은, 다음날 일을 해야 하기에 러브크래프트를 서재
에 남겨두고 잠자리에 들었다. 다음날 아침에 일어난 훅은, 러브크래프트가 서재에서 자신이 잠들기 전과 똑같은
자세로 앉아 있는 것을 보고 깜짝 놀랐다.
러브크래프트는 새끼 고양이를 깨울 수가 없어서 그대로 밤을 샌 것이다.

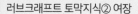

러브크래프트 토막지식② 여장

러브크래프트 선생님은 과보호하던 어머니가 액을 막겠다는 이유로, 어린 시절에 여자애처럼 드레스를 입히고는 했어.

인터넷이나 책에도 사진이 있는데, 엄청나게 귀여우니까 꼭 한 번 봤으면 싶어.

3, 4세 무렵 러브크래프트의 사진이 남아 있는데, 거기에는 정말 사랑스러운 금발 아이가 여자아이 드레스 같은 옷을 입은 모습이 찍혀 있다. 훗날의 얼굴이 말처럼 긴 러브크래프트의 모습만 봐서는 상상도 못 할 만큼 귀여운 어린 여자아이처럼 보인다.
그 차이에 주목해서 「러브크래프트의 어린 여자애 시절」이라는 소재를 다루는 경우도 많다.
이것은 여장이 아니라 당시에 유행했던 아동복, 키즈 드레스일 뿐이라는 설도 있지만, 어머니 사라가 여자아이를 원해서 그랬다는 설도 있다. 어린 시절의 러브크래프트는 컬이 들어간 금발과 갈색 눈동자를 가진 귀여운 아이였다.

러브크래프트의 가족이 매사추세츠주에 있는 기니 씨 댁에 살던 시절. 이 컬이 들어간 금발을 본 기니 부인이 그를 「리틀 선샤인(작은 햇님)」이라고 불렀다.

러브크래프트 토막지식③ 단 것을 좋아했다

러브크래프트 선생님은 단 음식을 아주 좋아해서, 초콜릿이나 아이스크림을 자주 먹었어.

어느 날 친구와 아이스크림 가게에 갔을 때, 그 가게에 있는 여러 종류의 아이스크림을 잔뜩 먹었다는 것 같아.
요즘 같으면 31종류가 있는 그 유명한 아이스크림 가게에 가서 종류별로 다 먹었겠지….

약간 병약한 구석이 있는 데다 아버지를 일찌감치 여의고 과보호하는 어머니로부터 엄청난 사랑을 받으며 자란 러브크래프트는 젊은 시절부터 편식이 심해서, 단 것을 좋아하고 생선 요리를 싫어했다. 또한 술도 마시지 않았는데, 맥주나 와인은 냄새도 못 맡았다.

뉴욕에 살던 시절, 인기 있는 아이스크림 가게를 알게 된 러브크래프트는 친구들과 함께 그 가게에 갔고, 아이스크림을 잔뜩 먹었다. 모든 메뉴를 먹어보지 못한 게 아쉽다고 적은 편지도 남아 있다.
정신적인 문제로 고등학교를 중퇴하고 집에서 은둔하던 시절에는, 시내의 추수감사제 파티에 가려는 어머니에게 즉흥시를 읽어주며, 「음식은 됐고 과자만 가져다주세요」라고 부탁했을 정도였다.

러브크래프트 토막지식④ 여행을 좋아했다.

러브크래프트 선생님은 병약했다는 이미지 때문인지 집안에만 있는 인도 어파였다고 생각하기 쉬운데, 사실은 여행을 좋아했어.

조사도 겸해서 세일럼, 마블헤드, 보스턴, 포트머스나 멀리 떨어진 캐나다 퀘벡까지 가서, 그 지역의 문화와 역사를 즐겼다는 것 같아.

러브크래프트는 자신을 나쁘게 표현하고는 했다. 현재 남아 있는 편지에 자신을 「방구석 폐인 늙은이」라고 자학적으로 말한 부분이 있는데, 실제로는 여행을 많이 다녔다. 젊은 시절에는 과보호하는 어머니가 외출을 못 하게 했던 이유도 있어서 집안에만 있었지만, 어머니가 입원한 뒤에 아마추어 저널리즘을 통해서 알게 된 동료들과 교류하면서 하이킹과 취재 여행을 다녔다. 예를 들어서 「축제」는 동료들과 도보여행으로 방문한 마블헤드에서 받은 인상을 바탕으로 킹스포트라는 가공의 도시를 만들어서 쓴 작품이다.

교통 사정이 제한된 20세기 초라는 배경과 자금 문제 등이 있어서, 뉴잉글랜드 근처를 많이 갔지만, 1935년 여름에는 플로리다에 있는 발로우를 찾아가서 2개월 이상 머물렀다.

러브크래프트 선생님은 동료 작가들과 편지를 통해서만 교류했어. 편지로 정보를 주고받고 서로의 작품을 보여주기도 하면서 아는 사람들을 늘려갔어.
편지의 숫자가 아무튼 엄청나게 많아서, 사후에 책으로 냈을 정도였지.

요즘 같았으면 24시간 내내 인터넷 친구들과 메일이나 SNS로 교류하는 사람이 됐을지도 몰라.

러브크래프트는 22세 무렵부터 애독하던 잡지의 독자 투고란에 편지를 보냈다. 거기서 논쟁이 벌어진 것을 계기로 1914년에 아마추어 작가들의 단체 「유나이티드 아마추어 저널리즘 어소시에이션」(UAPA)에 가맹했고, 재택 편집자가 되는 한편, 아마추어 창작 동인 활동을 하면서 미국 전체의 아마추어 작가들과 교류했으며, 1917년에는 UAPA 회장으로 선출됐다. 당시에는 아직 전화 요금이 비쌌던 시절이다 보니 러브크래프트는 필연적으로 다수의 상대와 편지를 주고받을 수밖에 없었다. 그런 편지에 적은 문장도 농밀하고 길면서 흥미로운 것이었고, 그런 문장을 적은 엽서나 편지를 매일 5~10통이나 썼다고 한다. 첨삭 일도 하다 보니, 데뷔한 뒤에도 멀리 떨어진 곳에 있는 친구와 회람식 연작 소설을 쓰는 한편, 다 쓴 작품을 친구들에게 보내서 의견을 구하는 등, 주로 우편을 이용해서 교류했다. 그 방대한 편지 중에 일부를 회수했는데, 그중에 극히 일부만으로도 「Selected Letters」라는 총 5권의 대작이 간행됐다.

러브크래프트 토막지식⑥ 연애

러브크래프트는 1921년에 아마추어 저널리스트 모임에서 소니아 하프트 그린이라는 연상 여성과 만났고, 1924년에 결혼했어.

그 뒤에 직장 사정 같은 문제로 별거하게 됐고, 5년 뒤인 1929년에 이혼했지.
하지만 서로 좋게 헤어졌기 때문에, 그 뒤에도 편지나 선물을 주고받았다는 것 같아.

러브크래프트는 1921년 여름에 아마추어 저널리스트 모임에서 10살 연상의 여성 소니아 하프트 그린과 만났고, 1924년에 사랑의 도피와도 같은 형태로 결혼했다. 그 뒤로 소니아가 상점 점장으로 일하고 있는 뉴욕으로 이주했다. 소니아는 전남편과의 사이에서 낳은 딸이 있었고, 뉴욕에서 같이 살고 있었다.

하지만 2년 뒤에 소니아의 일이 잘 풀리지 않으면서 정신적으로 힘든 상태에서 별거하게 됐고, 러브크래프트는 고향 프로비던스로 돌아와서 1929년에 정식으로 이혼했다. 러브크래프트는 굳이 따지자면 연상 여성에게 사랑받고 싶어하는 경향이 있었는데, 소니아 이전에도 연상의 기혼 여성 시인과 사귄다는 소문이 났었지만, 본격적인 연애까지 가지는 않았다. 대필을 담당했던 헤이젤 힐드는 본인도 러브크래프트를 존경했고 주변 사람들도 둘을 이어주려고 했지만, 결국 이어지지는 못한 것 같다.

러브크래프트 토막지식⑦ 프로비던스

미국 로드아일랜드주에 있는 러브크래프트가 태어난 고향이야. 한때는 뉴욕에서 살기도 했지만, 인생의 대부분을 여기서 살았어.

지금은 이곳에서 팬들이 크툴루 이벤트를 열기도 해.

나중에는 르뤼에랜드 같은 것도 생기면 좋겠네.

이아! 이아! 이아!

커플
티셔츠네…

I ♥ am
Providence

I ♥ am
providence

미합중국 로드아일랜드의 주도인 항만도시.

도시의 이름은 「신의 섭리」라는 뜻이며, 1636년에 청교도와 대립해서 매사추세츠주로 쫓겨난 로저 윌리엄스가 새로운 개척지로서 이곳을 찾아냈을 때, 「신의 섭리대로」라는 의미를 담아서 이름을 지었다. 미국 개척 초기부터 있던 도시로, 맞배지붕을 얹은 식민지 시대의 오래된 건물들이 남아 있는 한편, 일찌감치 공업화가 진척돼서 한때는 제조가공업이 활발했던 도시다. 러브크래프트는 아버지가 입원한 뒤에 이곳에 있는 어머니의 친정에서 자랐고, 훗날 결혼해서 잠시 뉴욕에 살았던 때를 제외하면, 죽을 때까지 인생 대부분을 이 프로비던스의 엔젤 스트리트 주변에서 살았다. 북동부에 있는 스완 포인트 묘지에 있는 러브크래프트의 묘비에는 「I am Providence」라는 묘비명이 적혀 있다.

170

수고하셨습니다.
질문과 답변
영상을 인터넷에
올릴게요.

흐아~
다 끝났다.
대답해주는
것도 꽤
고되네.

쪼옥-

업로드 중

진짜로?

어

까아아아아

전세계 곳곳에서
「화면에! 화면에!」라고
외치는 소리가
들려오는데….

뭐 됐고…
앞으로도 잘 부탁해.

크툴루 님!!
반응이
엄청난데요!!

형언할 수 없는 「작가 후기」 같은 것

처음 뵙겠습니다. 일러스트레이터 우미노 나마코입니다.

이 「엄청 대충」을 읽어주셔서 정말 감사합니다.

…라는 소리와 함께 창문에다 네크로노미콘을 집어던질 것 같은 내용입니다만

사신이 이런 소릴 할 것 같냐 멍청아!!

「신화 생물들이 이렇게 생각하면서 살고 있다면 재미있겠네」라는 마음을 담아서 그렸으니까

설정 등의 이런저런 변화는 「나마코 월드」에서는 이런 거라고, 넓은 마음으로 이해해주시면 감사하겠습니다.

173

그리고
「타이터스 크로우 사가」
「크라틀 리틀 신화집」
같은 것도

그리고 그해 봄방학에
남는 시간을 이용해서
러브크래프트 전집과
암흑신화체계
크툴루 CMF 시리즈 등을
닥치는 대로 읽었습니다.

「작품, 재미있다… 사신의
매력을 함께 나누고 싶다」는
생각에 친구들한테도
권하려고 했습니다만

흐뭇—

미안…
책 읽을 시간
있으면 TRPG를
하고 싶어.

그렇
겠죠.

러브크래프트
재미있어

『크툴루 신화 TRPG』를
가르쳐준 친구

그래도 「사신의 매력을 더 널리 알리고 싶다」는 이유로 취직할 회사를 정하고(게임 회사), 지금부터 4년 전에 오사카에서 도쿄로 상경했습니다.

뭔가를 수신하고 면접 3일 전에 그린 오리지널 사신 디자인 80장 뭉치

냉장고에 넣어야지

집에서 키운 표고버섯

음

회사 일을 하면서 작가 활동도 하다 보니 정말 힘든 일도 많았습니다만

회사로 가지고 온 해삼 초절임

이렇게 책을 내고 사신의 매력을 그릴 수 있게 됐으니, 꿈이 하나 이루어졌다고 생각합니다.

앞으로도 실컷 그릴 거지만요!

요즘 쥐며느리 키우기 시작했는데, 줄까?

1이마리 정도로 늘어앉아

됐어요

후배

상경 이후 회상 장면

그건 그렇고

175

정말
즐거웠습니다.

이 「엄청 대충」에서
크툴루 님을
비롯한 사신들의
다양한 모습과
표정을 그리는 게

사신을
더 좋아하게
되셨으면
좋겠습니다.

빙긋…

그리고
독자 여러분들이
궁금해하셨던 신화
생물이 등장하는
작품(번역되지 않은
작품도 있습니다만)
을 읽으시고

그럼, 여러분이
좋아하는 사신과
만나기를 빌면서…
이아 이아
아듀—!

마지막으로
이 책을 감수해주셨고
항상 신세를
많이 지고 있는
토키타 유스케 선생님,
친절하고 꼼꼼하게
담당해주신
편집장 타무라 님,
정말 감사합니다!

감수자 해설

감수자

동글동글한 크툴루 신화에 오신 걸 환영합니다!

이 책은 헤이세이(1989년 1월~2019년 4월, 일본연호-역주) 출생! 의 크리에이터 우미노 나마코 씨가 크툴루 신화를 가볍게 설명해주는 일러스트와 문장의 책입니다. 「크툴루 신화라는 게 뭐지? 재미있나? 무서운가?」라는 분부터 『크툴루 신화 TRPG』를 즐기는 분까지, 모든 분들이 편하게 읽으실 수 있는 책입니다.

자기소개가 늦었습니다. 저는 감수와 해설을 담당한 토키타 유스케입니다. 본업은 TRPG 디자이너입니다만, 2004년에 『크툴루 신화 가이드북』을 간행한 뒤로 크툴루 신화 관련 해설 일도 하고 있습니다.

크툴루 신화는 미국의 작가 하워드 필립스 러브크래프트와 그 동료들이 만들어낸 20세기의 인조 공포 신화 체계입니다. 러브크래프트와 동료들이 놀이하는 기분으로 만들어냈고, 다양한 소재와 용어들을 적당히 공유해서 느슨한 관련성을 만들어낸 작품들인데, 러브크래프트의 사후에도 자유롭게 계승되고 확대되어갔습니다. 거기에는 설정도 다수 존재합니다만, 이 책에 적혀 있는 것처럼 후계 작가들과 게임 크리에이터들이 나중에 추가한 설정도 많은데, 그런 설정들을 자유자재로 가지고 놀 수 있는 특수한 세계이기도 합니다.

또한 최근 10년 정도를 돌이켜보면 일본에서는 『크툴루 신화 TRPG』가 미증유의 대유행을 했고, 청소년들에게 TRPG 하면 크툴루라는 이미지가 생겼을 정도입니다.
그래서 크툴루 신화의 설정에 대해서 말하자면, 소설이나 만화 등의 창작물에서 등장한 설정 외에, TRPG용으로 정리하고 데이터화한 것들이 있습니다.

사신이 등장한 원작 소설은 번역되지 않았는데도 게임의 등장인물로서 인기를 끄는 존재가 있기도 한 상황입니다만, 뭐 그런 것도 엔터테인먼트이기에 가능한 일이겠죠.
솔직히 말해서 아서왕이 여성화되고 아르토리아라고 불리는 이유를 신경 쓰지 않고 즐기는 분들도 많은, 그런 시대이기도 하니까요. 잠시 옆길로 샜습니다만, 이 책을 통해서 크툴루 신화의 즐거움을 조금이나마 접하셨다면 기쁘겠습니다.

자, 작자인 우미노 나마코 씨는 20대 중반의 게임 크리에이터인데, 이분은 게임 회사에서 디자이너로 일하는 한편으로 동글동글 귀여운 크툴루 신화 관련 일러스트 「유루루 신화」 시리즈로 유명하고, 굿즈로 발매되기도 했습니다. 처음 만났을 때는 깜짝 놀랐습니다. 이렇게 젊은 아가씨(헤이세이 시대에 태어난 데다 저희 딸보다도 더 젊습니다!)가 크툴루 신화를 좋아하고, 신화를 너무 좋아한 나머지 프로 일러스트가 됐고, 하다하다 오리지널 디자인의 크툴루 책까지 내다니! 제가 『크툴루 신화 가이드북』을 냈을 때는 아직 초등학생이었을 텐데 말이죠(땀). 시대의 눈물을 봤습니다.

본인의 만화에 나온 것처럼 대학 시절에 『크툴루 신화 TRPG』를 알게 됐고, 거기서부터 거꾸로 크툴루 신화 작품에 빠져서 신화 작품을 다수 독파했다고 합니다. 제가 검수한 『크툴루 신화 검정』에서도 3급에 합격했을 정도로, 상당히 열렬한 크툴루 팬입니다.
참고로 이 검정 시험은 제1회라는 이유로 1급이 없었으니까, 3급만 해도 상당한 수준입니다. 반대로 말하자면 이 분이야말로 요즘 세상의 크툴루 세대인지도 모르겠군요.

그렇게 생각하니 이 책에 등장한 사신들의 라인업을 어떤 이유로 선택했는지도 알 것 같았고, 이번 감수 작업에서는 오히려 제가 많은 공부가 됐습니다. 그렇구나, 이렇게 나오는구나, 하고 말이죠.

이래서 세상은 재미있습니다.

토키타 유스케

나도 지난번에 소설에서 엄청 무섭게 묘사했는데, 정말 좋더라.

와~ 내 묘사에 「형언할 수 없는 촉수 같은 것을 잔뜩 늘어트린 것」이라고 흉측하게 적혀 있어.

꾸물 꾸물

…응?

크툴루 님~ 크툴루 님은 소설에서 어떻게 묘사되셨나요~?

통통하고 살찐 거대한 몸 형언하기 힘든 촉수를 꿈틀

온몸이 당장이라도 터질 것처럼 부풀어 오른 모습을 지니고

드래곤의 날개... 문어 달린 비만 몸집을 기...

팽창시키면서 꾸물 처럼 거대한 사신이

뚱뚱한

배에 여러 개

우와~! 역시 크툴루 님은 대단 하시네요!

「멋있는 문어 머리에 드래곤 날개가 달린 울트라 쿨하고 스타일리시한 그레이트 올드 원」 … 이었던가.

180

어, 뭐요?!

···그러니까, 우보 씨 좀 도와줘~!

나도 이골로호트나 글라이가처럼 합체하고 싶다~!

으허억!!!

허이야——!!

사신 우보 고로스 탄생

짜잔

너무해~!

질척 질척

왠지··· 질척질척한 게 좀 그러네···.

~보너스 4컷 만화~
석방

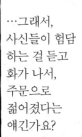

…그래서, 사신들이 험담하는 걸 듣고 화가 나서, 주문으로 젊어졌다는 얘긴가요?

오해가 풀려서 무사히 석방된 노덴스

저, 당신보다 어려요

젊어진 게 아니라 위엄있게 보이려고 「할아버지처럼 꾸미고 다녔다」는 게 맞겠지…

아니, 그게…

…?!!

뭐 어때?! 크툴루 신화잖아.

자유롭게 해도 돼뱀

휘청~~

또 「원작에 없는」 새로운 「설정」을 늘렸군요… 그 죄는 큽니다…

■참고 문헌 일람

●신화 작품
러브크래프트 전집(ラヴクラフト全集) H.P.러브크래프트 도쿄소겐샤(東京創元社)
암흑신화대계 크툴루(暗黒神話大系クトゥルー) H.P.러브크래프트 외 세이신샤(青心社)
진 크 리틀 리틀 신화대계(真ク・リトル・リトル神話大系) H.P.러브크래프트 외 국서간행회(国書刊行会)
신편 진 크 리틀 리틀 신화대계(新編真ク・リトル・リトル神話大系) H.P.러브크래프트 외 국서간행회(国書刊行会)
정본 러브크래프트 전집(定本ラヴクラフト全集) H.P.러브크래프트 국서간행회(国書刊行会)
에이본의 서(エイボンの書) 린 카터 외 신키겐샤(新紀元社)
마도서 네크로노미콘 외전(魔導書ネクロノミコン外伝) 린 카터 외 각켄퍼블리싱(学研パブリッシング)
크툴루의 자식들(クトゥルーの子供たち) 린 카터, 로버트 M. 프라이스 KADOKAWA
크툴루 신화로의 초대:유성에서 온 물체 X(クトゥルフ神話への招待:遊星からの物体X) J.W.캠벨 Jr., H.P.러브크래프트, 럼지 캠벨 후쇼샤(扶桑社)
올드 원들의 무덤:크툴루 신화로의 초대(古きものたちの墓:クトゥルフ神話への招待) 존 램지 캠벨, 콜린 윌슨, 브라이언 럼리 후쇼샤(扶桑社)
크툴루의 부름(クトゥルーの呼び声) H.P.러브크래프트 세이카이샤(星海社)
『네크로노미콘』이야기(『ネクロノミコン』の物語) H.P.러브크래프트 세이카이샤(星海社)
기어오는 혼돈(這い寄る混沌) H.P.러브크래프트 세이카이샤(星海社)
검은 돌의 마인(黒い碑の魔人) 신쿠마 노보루 세이신샤(青心社)
아캄 계획(アーカム計画) 로버트 블록 도쿄소겐샤(東京創元社)
사신전설 시리즈(邪神伝説シリーズ) 야노 켄타로 학습연구사(学習研究社)
기어와라 냐루코 양(這いよれニャル子さん) 아이소라 만타 소프트뱅크 크리에이티브

●사전, 자료 책자
크툴루 신화 가이드북(クトゥルフ神話ガイドブック) 토키타 유스케 신키겐샤(新紀元社)
도해 크툴루 신화(図解クトゥルフ神話) 모리세 료 신키겐샤(新紀元社)
크툴루 신화 대사전(クトゥルー神話大事典) 히가시 마사오 신키겐샤(新紀元社)
H.P.러브크래프트 대사전(H・P・ラヴクラフト大事典) S.T.요시 엔터브레인(エンターブレイン)
크툴루 신화 전서(クトゥルー神話全書) 린 카터 도쿄소겐샤(東京創元社)
게임 시나리오를 위한 크툴루 신화 사전(ゲームシナリオのためのクトゥルー神話事典) 모리세 료 소프트뱅크 크리에이티브
All Over 크툴루(All Over クトゥルー) 모리세 료 산사이북스(三才ブックス)
Virgil Finlay 환상 화집(Virgil Finlay 幻想画集) 세이신샤(青心社)

●크툴루 신화 TRPG 관련
크툴루 신화 TRPG(クトゥルフ神話TRPG) 샌디 피터센, 린 윌리스 외 KADOKAWA
말레우스 몬스트로룸(マレウス・モンストロルム) 스콧 데이비드 아니올로프스키 외 엔터브레인(エンターブレイン)
크툴루 신화 괴물 도감(クトゥルフ神話怪物図鑑) 샌디 피터센 외 KADOKAWA
크툴루 신화 TRPG 키퍼·컴패니언(クトゥルフ神話TRPG キーパー・コンパニオン) 키스 허버 외 엔터브레인(エンターブレイン)

초판 1쇄 인쇄 2022년 2월 10일
초판 1쇄 발행 2022년 2월 15일

저자 : 우미노 나마코
감수 : 토키타 유스케
번역 : 김정규

펴낸이 : 이동섭
편집 : 이민규, 탁승규
디자인 : 조세연, 김현승, 김형주
영업 · 마케팅 : 송정환, 조정훈
e-BOOK : 홍인표, 서찬웅, 최정수, 김은혜, 이홍비, 김영은
관리 : 이윤미

㈜에이케이커뮤니케이션즈
등록 1996년 7월 9일(제302-1996-00026호)
주소 : 04002 서울 마포구 동교로 17안길 28, 2층
TEL : 02-702-7963~5   FAX : 02-702-7988
http://www.amusementkorea.co.kr

ISBN 979-11-274-5051-9 03840

CTHULHU-SAMA GA MECCHA ZATSU NI OSHIETEKURERU: CTHULHU SHINWA YOUGOJITEN
written by Namako Umino, supervised by Yusuke Tokita
Copyright © Namako Umino, 2019
All rights reserved.
Originally published in Japan by Shinkigensha Co Ltd, Tokyo.

This Korean edition published by arrangement with Shinkigensha Co Ltd, Tokyo
in care of Tuttle-Mori Agency, Inc., Tokyo

창작을 위한 아이디어 자료

AK 트리비아 시리즈

-AK TRIVIA BOOK

환상 네이밍 사전
의미 있는 네이밍을 위한 1만3,000개 이상의 단어

중2병 대사전
중2병의 의미와 기원 등, 102개의 항목 해설

크툴루 신화 대사전
대중 문화 속에 자리 잡은 크툴루 신화의 다양한 요소

문양박물관
세계 각지의 아름다운 문양과 장식의 정수

고대 로마군 무기·방어구·전술 대전
위대한 정복자, 고대 로마군의 모든 것

도감 무기 갑옷 투구
무기의 기원과 발전을 파헤친 궁극의 군장도감

중세 유럽의 무술, 속 중세 유럽의 무술
중세 유럽~르네상스 시대에 활약했던 검술과 격투술

최신 군용 총기 사전
세계 각국의 현용 군용 총기를 총망라

초패미컴, 초초패미컴
100여 개의 작품에 대한 리뷰를 담은 영구 소장판

초쿠소게 1,2
망작 게임들의 숨겨진 매력을 재조명

초에로게, 초에로게 하드코어
엄격한 심사(?!)를 통해 선정된 '명작 에로게'

세계의 전투식량을 먹어보다
전투식량에 관련된 궁금증을 한 권으로 해결

세계장식도 1, 2
공예 미술계 불후의 명작을 농축한 한 권

서양 건축의 역사
서양 건축의 다양한 양식들을 알기 쉽게 해설

세계의 건축
세밀한 선화로 표현한 고품격 건축 일러스트 자료집

지중해가 낳은 천재 건축가 -안토니오 가우디
천재 건축가 가우디의 인생, 그리고 작품

민족의상 1,2
시대가 흘렀음에도 화려하고 기품 있는 색감

중세 유럽의 복장
특색과 문화가 담긴 고품격 유럽 민족의상 자료집

그림과 사진으로 풀어보는 이상한 나라의 앨리스
매혹적인 원더랜드의 논리를 완전 해설

그림과 사진으로 풀어보는 알프스 소녀 하이디
하이디를 통해 살펴보는 19세기 유럽사

영국 귀족의 생활
화려함과 고상함의 이면에 자리 잡은 책임과 무게

요리 도감
부모가 자식에게 조곤조곤 알려주는 요리 조언집

사육 재배 도감
동물과 식물을 스스로 키워보기 위한 알찬 조언

식물은 대단하다
우리 주변의 식물들이 지닌 놀라운 힘

그림과 사진으로 풀어보는 마녀의 약초상자
「약초」라는 키워드로 마녀의 비밀을 추적

초콜릿 세계사
신비의 약이 연인 사이의 선물로 자리 잡기까지